Vom gleichen Autor erschienen außerdem
als Heyne-Taschenbücher

Die Ehe des Dr. Brunner · Band 01/6036
Chefarzt Dr. Holm · Band 01/6072
Die Schuld einer Nacht · Band 01/6162

PETER HEIM

HÜTER DER HOFFNUNG

Arztroman

WILHELM HEYNE VERLAG
MÜNCHEN

HEYNE-BUCH Nr. 01/6234
im Wilhelm Heyne Verlag, München

Das Buch erschien bereits
unter dem Titel »Nachtwache«

Genehmigte, überarbeitete Taschenbuchausgabe

Printed in Germany 1983
Umschlagfoto: Photodesign Mall, Stuttgart
Umschlaggestaltung: Atelier Bachmann, München
Satz: IBV Lichtsatz KG, Berlin
Druck und Bindung: Elsnerdruck GmbH, Berlin

ISBN 3-453-01766-8

Dunkel ist die Welt geworden: eine graue, drohende, wolkenverhangene, motorendröhnende Finsternis. Doch die Lkws ziehen stur ihre Bahn nach Süden. Die riesigen Reifen reißen Fontänen von der Fahrbahn, klatschen Wasser und Dreck gegen die Scheiben des kleinen VW.

Anna schaltet die Scheinwerfer ein. Und Didi hockt noch immer ganz friedlich da, die Beine auf den Sitz gezogen, in den kleinen Fäusten die Schachtel mit seiner Schildkröte. Die Augen hat er halb geschlossen. – Für Didi findet dies alles nicht statt. Wenn man sieben Jahre alt ist, schaltet man ab, transportiert sich einfach in eine andere, in irgendeine Didi-Welt, in der die Lagerfeuer brennen und die Cowboys ihre einsamen Runden ziehen. Oder wo die Sonne über dem Strand leuchtet und große Schildkröten dem Luger entsteigen.

Sie lächelt.

»Du, Mami!« Didi schreit gegen das gequälte Jaulen des Motors an. »Stimmt das?«

»Stimmt was?«

»Daß wir nach Heidelberg ziehen müssen, weil du keinen Mann hast?«

»Was?«

»Das hab' ich doch gehört, daß wir sonst ja gar nicht nach Heidelberg...«

»Den Quatsch hast du doch von Oma, oder?«

»Aber es stimmt doch! Kannst es doch ruhig sagen. Wenn du 'nen Mann hättest, könnten wir in Maifeld bleiben. Ich will nämlich gar nicht nach Heidelberg. Wenn du einen Mann hättest...«

»Jetzt hörst du aber auf! Wie kannst du diesen Blödsinn...«

Sie spricht den Satz nicht zu Ende. Sie atmet tief durch. Sie versteht ihn ja: Es ist bitter für einen kleinen Jungen, Schule und Freunde zu wechseln. Das ist ihr klar. Und was soll sie ihm schon erklären? Didi sah Maifeld natürlich mit anderen Augen... Für ihn war es eine Art Paradies. Die große Wiese hinter dem Haus, der Wald, die Schulwiese, das Freibad, die Dorfstraßen, über die er mit dem Fahrrad jagen konnte, um seine Freunde zu sehen... Doch was sollte aus ihm in Maifeld werden? In diesem stickigen Provinz-Mief, bei ihrer Mutter mit ihrem ewigen ›Du brauchst doch deine Sicherheit Anna. Und das Kind braucht einen Vater...‹

»Paß auf, Didi! Du wirst sehen: Heidelberg gefällt dir. Du, dort ist es hundertmal so schön wie in Maifeld. Außerdem, das versprech' ich dir...«

Weiter kommt Anna nicht. Herrgott, der Anhänger des Lkw vor ihr fängt an zu schlingern. Sie sieht das grelle Rot der Warnleuchten. Anna drückt mit aller Kraft auf das Bremspedal. Sie spürt, wie der VW ausbricht. Der Lkw verlangsamt noch immer. Das Steuerrad schüttelt sich so stark, daß sie sich mit dem Oberkörper daraufwirft, um es unter Kontrolle zu bringen. Vor ihr aber, gewaltig wie eine drohende Wand, türmt sich der Anhänger auf: IMAG liest sie, KÖLN.

Und die Reifen, warum fassen die Reifen nicht?

»Didi!«

Ihr Herz rast. In einer einzigen Sekunde fliegen tausend Gedanken und Bilder an ihr vorbei: eine unendlich lange Schlange von dröhnenden, stinkenden Wagen auf ihrem Weg nach Süden. Plötzlich kreischende Bremsen, berstendes Metall, klirrendes Glas, ein Trümmerfeld. Menschen brüllen. Sie denkt an sich... an Didi. Heidelberg ade! Sie sieht einen Operationssaal; vielleicht ist es aber sogar dafür zu spät.

Dann sieht sie die Lücke.

Sie hat den VW wieder im Griff, steuert nach rechts, schaltet herunter, fährt schleichend auf dem Parkstreifen dahin, atmet tief durch. Endlich die Ausfahrt: RASTSTÄTTE.

Annas Arme sind schwer, der Kopf schmerzt. Sie fährt den Wagen auf den Parkplatz, stellt den Motor ab und blickt starr geradeaus. Und dann beugt sie sich zu Didi hinüber, reißt ihn an sich, küßt das feuchte, helle Haar, das nach Heu, Milch und ihren Zigaretten duftet, ist hilflos gegen dieses Gefühl von Dankbarkeit und Glück, das sie überschwemmt.

»Was is' 'n?«

»Oh, nichts, Didi.« Sie kann ihn nur streicheln. Nein, sagen will sie nichts. Sie will ihn nur bei sich haben, ihn nur fühlen. »Überhaupt nichts...«

»Warum heulst du dann?«

»Tu' ich doch gar nicht...«

»Aber in Heidelberg krieg' ich 'nen Garten, Mami. Kleo braucht 'nen Garten, das ist doch klar, oder?« Er nimmt den Karton mit der Schildkröte und schüttelt ihn. »Die ist auch schon halb kaputt von der Fahrerei. Und außerdem: Sie muß sich im Winter eingraben können. Also, 'nen Garten, versprichst du das?«

»Natürlich. Natürlich kriegt Kleo ihren Garten.« Anna drückt ihr Gesicht gegen die kleine, runde Stirn und wiederholt: »Sie kriegt ihren Garten...«

In der Raststätte läßt sie die Tür der Telefonkabine offen. Und beim ersten Mal verwählt sie sich auch prompt, weil sie hinüber zu der Nische blickt, in der Didi sitzt. Der hat eine Cola vor sich und einen ganzen Berg seiner geliebten Kartoffelchips. ›Einen Garten‹, denkt sie. ›Einen Garten, damit Kleo ihren Winterschlaf halten kann...‹

Diesmal klappt die Verbindung. »Sekretariat Professor Frei.«

»Kann ich bitte den Herrn Professor sprechen?«

»Wer spricht, bitte?« Die Stimme ist jung, kühl und routiniert.

»Mertens, Anna Mertens. Ich... ich bin eine Bekannte von Herrn Professor Frei.«

»Tut mir leid. Aber der Professor ist nicht hier. Versuchen Sie's doch mal zu Hause. Haben Sie die Nummer?«

»Danke.« – Sie wählt nochmals. Wieso ist ihr das bloß nicht schon früher eingefallen? Die Mittwochnachmittage hält er sich frei. – Während sich die Scheibe dreht, sieht sie das Haus am Philosophenweg vor sich. Haus? – Frei selbst nennt die langgestreckte, flache Luxusvilla, deren ganze Frontseite nur aus Glas und Stahl besteht, ›mein Mausoleum‹.

Dann gibt es noch den Tennisplatz mit der Trauerweide und den Swimming-pool, der bis in die große Wohnhalle hineinreicht.

Frei haßte dieses Haus. Er haßte es, seit seine Frau ausgerechnet mit dem Architekten davonlief, der die verrückte, futuristische Anlage geplant hatte. Und für seine Kollegen war diese Affäre zum viel belächelten Beweis dafür geworden, daß ein erfolgreicher Arzt nicht unbedingt eine erfolgreiche Ehe führen muß.

»Ich kann ihr doch keinen Vorwurf machen«, hatte er einmal zu Anna gesagt. »Im Grunde hatte sie doch recht. Ich war doch mit der Klinik verheiratet.« – Anna sieht ihn dort oben in der Halle stehen und auf den nebelverhangenen Fluß hinabstarren. Sie hört ihn noch sagen:

›Sie hatte einfach genug von der Einsamkeit. Und dafür muß ich nun büßen...‹

Sie sieht sein Gesicht, seine melancholischen Züge vor sich; die breiten Schultern, seine muskulösen Arme und die feingliedrigen Hände, das ganze Kapital des erfolgsverwöhnten Chirurgen Professor Frei...

Das Freizeichen ertönt.

Sie hat plötzlich Schwierigkeiten mit dem Atmen. Wenn er nun selbst am Apparat ist?

»Praxis Professor Frei«, sagt eine Frauenstimme, »Werneke.«

Die Werneke gibt's also auch noch.

»Guten Tag Fräulein Werneke. Hier spricht Anna Mertens.«

Eine Pause. Dann ist es still in der Leitung. Schließlich: »Fräulein Mertens? Die OP-Schwester von damals...«

»Ja, die OP-Schwester von damals.« – Sie spürt die eisige Ablehnung der anderen Frau. Wie hätte sie auch annehmen können, alles würde glatt laufen.

»Ich habe dem Professor geschrieben. Ich weiß nicht, ob Sie das wissen, Fräulein Werneke? Der Professor hat mir geantwortet, ich solle nach Heidelberg kommen. Es handelt sich um einen Job. Er weiß Bescheid. Könnten Sie nicht...?«

»Nein«, sagt die Werneke. »Nicht jetzt. Rufen Sie später noch einmal an.«

»Hören Sie, ich bin auf der Autobahn.«

»Trotzdem«, sagt die andere Frau, »da ist nämlich...«

Dann sagt sie nichts mehr. Im Hintergrund ist eine Stimme zu hören, eine sehr laute, sehr unbekümmerte Männerstimme. Sie gibt Anna Mut. Soll sie ihr doch in die Tasche steigen, diese blöde Gans von Werneke! Wenn sie den Chef sprechen kann...

Und da ist er schon.

»Was? Du? – Die Werni sagt gerade, daß du es bist. Anna, Kleine! Wie geht's denn? Hast du meinen Brief bekommen? Wo steckst du überhaupt?«

»Kurz vor Mannheim. In einer Raststätte.«

»Wie? Wo?«

»Ich sollte mich doch heute bei Ihnen melden...«

»Mannomann! Hab' dich tatsächlich verschwitzt. Wie ist das denn heute? Dieser Kuratoriums-Zirkus... Wann ist denn damit Schluß, Werni?«

»Um neunzehn Uhr«, hört Anna und sagt: »Ich könnte doch auch morgen ...«

»Morgen? Geht nicht, Kind. Morgen bin ich in Mailand. Und dann fahre ich für ein paar Tage ans Meer ... Mensch, daß ich das vergessen habe! Ach, du kennst mich doch. – Wir könnten uns am Abend sehen? Was hältst du davon? Wie ist das denn überhaupt, hast du schon 'ne Bleibe?«

»Ja«, sagt sie und versucht ihre Enttäuschung niederzukämpfen. – *Ein Mädchen wie du, für die finde ich sofort etwas ...*, hatte er geschrieben. Na, hoffentlich! Und hoffentlich bald. Didi im Wagen und sechshundert Mark in der Tasche! Das würde nicht lange reichen.

»Wir könnten uns um acht in der ›Kiste‹ sehen? Erinnerst du dich noch an die ›Kiste‹?«

»Ja.«

»Gut, wir werden eine Kleinigkeit zu uns nehmen.« Er lacht. »Und vielleicht auch ein kleines Schlückchen. Und dann reden wir von alten Zeiten.«

»Ja«, sagt sie wieder. – Herrgott, er hat alles verschwitzt! Sie ist wie betäubt. Sie versucht, etwas zu sagen, etwas Liebenswürdiges, Nettes, Beiläufiges; sie versucht, den scherzhaften Ton zu treffen, den er angeschlagen hat. Doch sie ist zu enttäuscht und niedergeschlagen.

›Ganz ruhig bleiben‹, denkt sie. ›Er wird etwas finden. Er muß ...‹

»Also, bis später, Kind. Ich freu' mich. Und wie ich mich auf dich freu' ... *Gänseliesel!*«

Gänseliesel. Das Wort ist wie ein Schlüssel. Damals! Der Abend, als es am Czerny-Ring die Schießerei gegeben hatte und sie die Schwerverletzten in die Chirurgische brachten und Frei dem jungen Polizisten die Kugel aus dem Herz holte. – Wann war das noch? – Es muß im Juni 1972 gewesen sein. Der Sommer hatte damals früh begonnen...

Einen ›heißen Sommer‹ hatten damals die linken Studenten versprochen. Doch dann lagen sie auf den Neckarwiesen, eine Flasche Bier in der Hand, die Gitarre oder ein Mädchen im Arm. Und all die großen Parolen, die auf roten Spruchbändern an den Instituten hingen oder die sie mit Spraydosen an die Fassaden der Universität geschrieben hatten, wirkten nicht nur abgedroschen, sondern einfach komisch.

Ja, sie erinnert sich genau, während sie versucht, den VW wieder in die Kolonne einzufädeln, die auf der regennassen Autobahn heranbraust. ›Gänseliesel‹...

Damals hatte sie schon mit Bernd die gemeinsame Wohnung in der Brunnengasse gehabt. Es war ein Freitagabend, als sie von der Schießerei am Czerny-Ring erfuhr. Ihr Dienst würde bald beginnen. Sie war ins Schwesternwohnheim in der Kirchnerstraße gefahren, um Ulrikes Kolleg-Hefte zurückzubringen. Die Prüfungen waren vorbei. Gemeinsam geackert, gemeinsam bestanden... Ulrike war nicht da. An ihrer Tür klemmte der übliche Zettel: ›Hab' 'ne Verabredung. Bin um zwanzig Uhr in der Cafeteria.‹ Darunter ein Herz. Und von dem Herzen eingeschlossen Ulrikes U.

Typisch! – Wer's jetzt wohl wieder war?

Sie hängte die Plastiktüte an die Türklinke. Irgendwie konnte sie Ulrike verstehen. Die Tage nach der Prüfung! – Geschafft! Frisch diplomiert! Das Gefühl, daß nun etwas Ungeheures passieren würde. Außerdem, Verliebtsein... für Ulrike war das ein Dauerzustand...

Sie fuhr mit dem Fahrstuhl in die Halle. Ziemlich still war's im Haus. Am Eingang hatte sich eine Gruppe von Mädchen um einen Typen versammelt. Er hielt ein Kofferradio in der Hand. Er stand da, als sei er allein auf der Welt, mit geneigtem Kopf, in Clocks, Jeans und diesem ausgewaschenen, fahlblauen Hemd.

»Was ist denn los?«

Niemand antwortete. Alle lauschten dem Nachrichtensprecher... Anna verstand einzelne Worte. Die Sachlichkeit der Stimme klang gepreßt. »Die Täter, von denen angenommen wird, daß sie zur Terroristen-Gruppe ›2. Juni‹ gehören, flüchteten in einem blauen BMW mit Münchner Kennzeichen. Als sie am Czerny-Ring, in der Heidelberger Innenstadt, von der Polizei gestellt wurden, eröffneten sie sofort aus Maschinenpistolen das Feuer. Einer der Beamten wurde durch einen Kopfschuß getötet, zwei andere wurden schwer verletzt. Der herbeigerufenen Polizeiverstärkung gelang es, die Terroristen zu überwältigen. Es handelt sich um zwei Männer und eine Frau. Auch sie erlitten schwere Schußverletzungen...«

Und draußen auf dem Rasen spielten drei Mädchen und ein junger Mann vergnügt Federball. Einer winkte ihr zu.

Annas Dienst begann um acht. Sie war der OP-Bereitschaft zugeteilt. ›Ein Toter! Fünf Schwerverletzte‹, dachte sie. ›Zwei davon Polizeibeamte... Mein Gott!‹

Sie sah hinüber zur chirurgischen Klinik, deren Fenster in der Abendsonne aufleuchteten. Auch Bernd hatte heute abend Dienst.

Sie empfand eine heiße, schmerzhafte Sehnsucht nach ihm, nach seiner Nähe, seiner Stimme, seinen Händen...

Doch Bernd gehörte als Chirurg zur Bereitschaft II. Und bei der Arbeit, die ihnen jetzt bevorstand, würde sie wohl kaum eine Chance bekommen, ihn zu sehen...

Stets hatte der Klinikbau in Anna einen mit Faszination gemischten Abscheu ausgelöst. Das Gebäude war ein Riesenklotz, ein sechsarmiges Kreuz mit spiegelnden Fensterreihen, ein Labyrinth aus Patienten-Balkons, Behandlungsräumen, Trakten, Zufahrten, Rampen und Nebengebäuden. Das Ganze erschien ihr unwirklich, irgendwie abweisend... wie eine Festung... Ja, eine Festung war sie wohl, die chirurgische Universitäts-Klinik, eine Festung, in der mit der ganzen Raffinesse modernster Technologie und unter Einsatz brillanter Wissenschaftler und Ärzte Leben verteidigt wurde. – Doch, bei Gott. Ein Betrieb, der mit der blinden Unerbittlichkeit einer Maschine rotiert, ständig auf Hochtouren, der alles fordert und doch nichts gibt, wenn man von den wenigen Höhepunkten der Arbeit im OP einmal absieht. In dieser Maschine ist der einzelne nichts –

egal ob Patient, Schwester, Arzt –, jeder ist nur ein winziges Funktionsteilchen, sonst nichts. Sie wollte nur weg. Sobald Bernd seine Ausbildung zum Facharzt abgeschlossen haben würde... nur noch weg.

Anna sah auf die Uhr: Noch zwanzig Minuten.

Sie wollte gerade die Abkürzung über den Labor-Trakt nehmen, als sie das ekelhafte Heulen der Sirenen hörte. Sie sah die kreisenden Blaulichter bereits unten an der Ecke des Universitäts-Bauamtes. Nun rasten die Wagen heran. Zwei Polizei-Fahrzeuge bildeten die Spitze. Dann folgten die Krankentransporter. Mit quietschenden Reifen nahmen sie die Kurve zur Rampe.

Wie alle anderen war auch Anna stehengeblieben. Sie beobachtete, wie die Türen aufschwangen. Von der Aufnahme stürzten Träger und Pfleger herbei. Bahren wurden herausgezerrt. Die Pfleger hielten die Infusionsflaschen hoch, als die Bahren in die Aufnahme rollten.

Zwanzig vor acht! Bernds Dienst hatte schon begonnen. Die Bereitschaft II war seit einer Stunde oben im OP. Sie überlegte, wem sie wohl zugeteilt werden würde. Dem Chef? – Kaum. Professor Frei hatte heute morgen eine Demonstration gehabt. Wahrscheinlich würde Habermaier, der Oberarzt, die Verletzten versorgen... Den Alten würden sie nicht holen... es gab genug gute Chirurgen an der Klinik. Da gab es das ganze Wiederbelebungs-Team, dann Ratmann, Spüler, das Team der Chirurgischen II, jeder einzelne Chirurg ein As, beinahe so gut wie der Chef... beinahe so brillant.

Sie versuchte, ihren Atem zu beruhigen und nicht an die Katastrophen-Meldung von vorhin zu denken. Nun würde sie selbst mit den Folgen des Dramas konfrontiert werden.

In der Cafeteria war es merkwürdig still. Alle Augen starrten auf die elektronische Anzeigentafel. Der aufgeregte Rhythmus der Leuchtschrift zeigte die höchste Alarmstufe an. In der Ecke entdeckte sie Ulrike. Sie war nicht allein. Der Weißkittel an ihrem Tisch war wahrscheinlich ein Praktikant.

Der kleine, drahtige Italiener hinter der Bar verdrehte die Augen. »Endlich eine schöne Frau! Ciao Anna! Ciao, Stella mia!«

Über dem mit Flaschen gefüllten Regal begann der Lautsprecher zu rauschen. »A-eins«, sagte eine Frauenstimme. »Ich wiederhole: A-eins! Personal auf Station.«

A-eins! – Gemurmel erfüllte den Raum. »Womöglich hat einer einen Herzschuß abbekommen.

»So ein verdammter Wahnsinn! Diese blöden Hunde mit ihrer dämlichen Ballerei!« Der kleine, hagere Mann neben Anna rutschte, ohne ein Wort zu sagen, vom Barhocker. Sie kannte ihn. Er war ein Bayer, gehörte zur technischen Abteilung und betreute die Herzschrittmacher. A-eins? – Ja, das war Herzalarm...

Die Tür zur Cafeteria flog auf. Das erregte Jungmädchengesicht einer Hilfsschwester erschien darin. »Sie bringen die Verletzten vom Czerny-Ring!«

Im Hintergrund des Lokals winkte Ulrike ihr zu.

Anna trank ihren Kaffee aus und ging zu ihrer Freundin hinüber. »Das ist Heinz!« sagte Ulrike und strahlte. »Ciao.« Der Weißkittel hatte ein junges Gesicht, blonde Haare, eine Hornbrille und einen Mund, an dem sich der Flaum zu den ersten Stoppeln verdichtete: Ein Baby...

»Mensch, war das 'n Tag!« Ulrike strahlte. »Den ganzen Tag waren wir am Fluß. Wir haben uns so 'n Boot gemietet und sind richtig gepaddelt. Ich hab' richtige Schwielen an den Händen. Du, setz dich doch. Trink noch was mit uns.«

»Jetzt was trinken. Die bringen doch gerade die Verletzten. Ich glaube, es ist besser, wir ziehen beide ab.«

»Was ist denn mit dir los?«

Wie konnte Ulrike gerade jetzt so etwas fragen. Und dann schüttelte sie auch noch beleidigt den Kopf und sagte: »Jetzt terrorisieren die uns auch noch mit ihrem Irrsinn... Du Heinz, sehen wir uns später noch?«

»Ihr werdet wahrscheinlich so bald nicht fertig sein.«

»Na dann«, sagte Ulrike, »dann schlaf mal gut...«

Die Schwingtür zum OP-Trakt war geöffnet und eingerastet. Pfleger schoben Tragbahren aus den Lifts. Anna erkannte den kleinen Bayern, der vor ihr die Cafeteria verlassen hatte. Er zog den Wagen mit dem viereckigen Kasten des Herzschrittmacher-Geräts vorbei. Zehn vor acht... Und die Gänge voll von Menschen in weißen Kitteln. Ärzte, Schwestern, Pfleger...

Fünf Verletzte... Das Alarm-Team formierte sich: Herzspezialisten und -chirurgen; ein Ersatzteam war für den Fall, daß das erste Operationsteam Ermüdungserscheinungen zeigen sollte, in Alarmbereitschaft versetzt worden. Doch dieser Spezialtrupp bildete gleichsam nur die Vorhut. Denn nun war hinter den schweren Betonmauern der Klinik die ganze, gewaltige Energie des medizinisch-technischen Apparates freigesetzt und auf das Geschehen im OP-Trakt gerichtet. Das klinische Labor, das bei einem Einsatz der Herz-Lungen-Maschine die lebenswichtigen Blutbestimmungen durchzuführen hatte, war in Bereitschaft. In der Intensivstation wurden Betten freigemacht. In der Blutbank im Erdgeschoß begann der Computer zu arbeiten und seine Bestandsmeldungen auszuspucken. Die Behälter mit der Blutgruppe 0 standen bereit, damit sie bei Bedarf durch die Rohrpost hinauf in den OP geschickt werden konnten, wo sie die Herz-Lungen-Maschinen speisen würden, falls die angekündigte Herzoperation tatsächlich notwendig werden sollte. Blutgruppe 0 wurde jetzt gebraucht, denn nur sie konnte das Leben der Patienten erhalten, bis Blut ihrer eigenen Gruppe herbeigeschafft war. Die Sekretärinnen des Bereitschaftsdienstes warteten auf die Protokoll-Aufnahme. Selbst in den neondurchfluteten, schimmernden Küchenräumen waren die Auswirkungen der Katastrophe zu spüren: Das in der Klinik aufgebotene Bereitschaftspersonal mußte verpflegt werden. Der Küchenchef mußte umdisponieren...

Der Mann an der langen Beckenreihe des Waschraums war untersetzt und muskulös. Mit Hingabe schrubbte er sich die Arme bis zum Ellenbogen hinauf. Anna hatte ihn noch nie gesehen. Aber hier wechselten die Gesichter ständig. Sicher der Anästhesist oder einer der Assistenten.

»Guten Abend.«

Er sah noch nicht mal auf. Auch Anna begann, Hände und Nägel mit der Bürste zu bearbeiten. Ihr Unbehagen und ihre Anspannung wichen der Ahnung drohender Gefahr. Ja, sie hatte Angst.

»Ist der Patient schon drin?« fragte sie schüchtern.

»Nö. Wird gerade gebracht. – Sie kenn' ich ja gar nicht.«

»Ich hab' erst vor drei Wochen angefangen.«

»Na, gratuliere. Die Praxis ist die Mutter der Erkenntnis. – Mein Name ist Schneider... Heute können Sie was erleben, Mädchen!« Die dunklen, wachen Augen musterten sie. »Heute kocht der Chef persönlich.« Mit tropfenden Händen ging er zur OP-Schleuse, um sie sich dort mit dem keimfreien Handtuch trocknen zu lassen. Er lächelte dünn, als er an ihr vorbeiging.

»Ist der Professor selbst da?«

»Na, glauben Sie der *King* läßt sich so etwas entgehen?«

Ihr wurde ein wenig mulmig. Für das Operationsteam war Professor Frei nicht der *Alte*, der *Chef* oder der *Boß* – nein, er war der *King*.

Die Schleusentür hatte sich geöffnet. Der Anästhesist trat einen Schritt zurück. »*Gräfin*«, sagte er nur.

Anna drehte sich um. Da war sie: Marianne Feldheim. In der Klinik hieß sie die *Gräfin*. Anna kannte die erste OP-Schwester nicht nur aus dem Unterricht, bei einem halben Dutzend Operationen hatte sie bereits unter ihrer Leitung gearbeitet. Die *Gräfin* war in der Schwesternschule schon deshalb Legende, weil ständig Freis Ausspruch zitiert wurde »Die *Gräfin* ist für mich mehr wert als zehn Assistenten«. Marianne Feldheim hatte den Professor während seiner gesamten Karriere begleitet. Von Hamburg, seinem letzten Wirkungsfeld, waren sie gemeinsam nach Heidelberg gekommen. Er, der *King*, und sie, die *Gräfin*.

Heute wirkte sie jedoch nicht gerade aristokratisch. Der Mundschutz hing unter ihrem Kinn. Den Kopf hielt sie seltsam schief. Leicht vornübergebeugt stand sie da, und die blaue, unbarmherzige Neonbeleuchtung zeigte ihr verzerrtes, starres Gesicht mit den herabgezogenen Mundwinkeln in seiner ganzen Nacktheit.

Anna starrte sie erschrocken an. Dr. Schneider hob die Hand.

»Um Gottes willen, was ist denn los? Diesmal hat Sie's erwischt, was?«

Die *Gräfin* nickte nur.

Dann ging sie mit schleppenden Schritten zum ersten der Waschbecken, richtete sich noch einmal auf, sah sich im Spiegel an und sank dann mit einer ruckartigen unnatürlichen Bewegung mit dem Oberkörper über das Becken – und erbrach sich. Anna begegnete den Augen des Arztes. Darin stand dasselbe fassungslose Staunen, das sie selbst empfand. Dreißig Jahre lang war die *Gräfin* die beste OP-Schwester weit und breit gewesen. Und nun war sie am Ende...

Marianne Feldheim ließ das Wasser laufen und versuchte, ihr Gesicht zu säubern. Aus ihrem Mund quoll noch immer gelblicher Magensaft. Sie schüttelte den Kopf. Doch selbst die kleinste Bewegung schien ihr unerträgliche Schmerzen zu bereiten.

»Die elende Migräne... Doktor, ich glaube... ich brauch' eine Spritze.«

»Machen Sie doch keine Dummheiten.«

»Wirklich... diesmal... diesmal...«

Der Rest war nicht zu verstehen.

»Versuchen Sie's doch mit Demerol. Weiß der Professor, was los ist?«

Sie sagte nichts. Sie wischte sich mit dem Handtuch den Mund ab. Da stand plötzlich Professor Frei mit vornübergeneigtem Oberkörper, offenem Mantel und herabhängenden Armen in der Tür. Er wirkte wie ein Boxer, der die Niederlage vor Augen sieht, doch nicht bereit ist, sie hinzunehmen. Seine hellen Augen unter den buschigen Brauen waren schmal. »Nun sagen Sie bloß, Marianne, wieso kommen Sie in diesem Zustand hierher? Das geht doch nicht, verdammt noch mal. Ist es denn schlimmer geworden?«

Sie sagte nichts. Ihre Hand griff nach einem Handtuch. Die Finger waren verkrampft. Anna wußte, was ein schwerer Migräneanfall bedeutete. Mein Gott, welche Schmerzen mußte die *Gräfin* leiden!

»Ist das in letzter Zeit häufiger vorgekommen?«

Keine Antwort. Marianne Feldheim richtete sich auf. Ihr rechtes Auge tränte. Die Stimme Freis wurde leise, der Zorn war daraus gewichen, nur Nachdenklichkeit und Staunen waren darin. »Marianne, wie oft habe ich Ihnen schon gesagt, Sie sollten sich eine weniger aufreibende Tätigkeit suchen. Sie haben in Ihrem Leben weiß Gott genug gearbeitet.«

Eine Träne rollte über Mariannes erstarrtes Gesicht. Ihre Mundwinkel begannen zu zucken. »Etwas Morphiumsulfat, das hilft mir darüber hinweg. Geben Sie mir eine Spritze, Herr Professor. Der Patient...«

»Ja, der Patient! Wir müssen sofort anfangen. Es geht um jede Sekunde... Also, Herrgott noch mal. Wer kann Sie vertreten?«

Marianne Feldheim lehnte mit dem Rücken an der Wand. Das Gesicht so weiß wie die Kacheln. »Die Hilpert von der Chirurgischen II... man könnte sie holen lassen.«

»Die können dort niemanden entbehren. Die haben selbst alle Hände voll zu tun. Wo ist denn die zweite Schwester?« Er sah sich um. Er hatte Anna noch nicht gesehen. – Seine Augen wurden schmal. »Sie? Sie kenn' ich ja gar nicht. Wo kommen Sie denn her? Haben Sie schon mal assistiert?«

»Sie kommt aus der Schule«, flüsterte die *Gräfin.* »Und sie hat schon assistiert.«

»Na also. Das schaffen Sie schon! Außerdem haben wir ja noch Dr. Herzog. – Na, kommen Sie schon! Machen Sie nicht so ein Gesicht. Was stehen Sie hier rum wie... wie eine Gänseliesel?«

So war es also zum ersten Mal gefallen, das Wort *Gänseliesel*.

Später hatte Professor Frei es noch oft gebraucht. – Nicht mehr so vorwurfsvoll ermunternd wie beim ersten Mal, nein, zärtlich, anerkennend.

Die *Gräfin*, die erleben mußte, wie eine Jüngere ihren Platz einnahm, tat Anna unendlich leid. Sicher, Frei besorgte ihr eine leitende Position in der Klinik-Hierarchie, doch ihre Welt war zerbrochen. Ihre Welt, das waren der OP, der Griff zum Besteck, Freis Nähe, seine brummigen Witze, der Kampf um das Leben, der Kampf um die Sekunden.

Ein Mensch stirbt, wenn sein Herz länger als hundertachtzig Sekunden aussetzt. Er stirbt nicht den Herz-, er stirbt den Gehirntod. Wenn die Sauerstoffzufuhr unterbrochen ist und die Gehirnzellen sterben, dann brechen auch die übrigen Körperfunktionen zusammen.

Der Körper, der auf dem Tisch des Operationssaals IV der chirurgischen Klinik lag, war dreiundzwanzig Jahre alt. Nun kämpfte er gegen den drohenden Tod. Das sieben Millimeter dicke Geschoß, das in sein Herz gedrungen war, war an der vorderen Brustseite eingetreten. Von einer Rippe abgelenkt und in seiner Fahrt gebremst, hatte es immer noch genügend Kraft besessen, den Herzbeutel zu durchbohren, ehe es im Herzen steckenblieb. Das hatte die Röntgenaufnahme ergeben. Das hatte auch – und diesem Umstand allein war es zu verdanken, daß der junge Mann noch am Leben war – der Arzt des Rettungswagens erkannt, der als erster am Unglücksort eingetroffen war.

Der Name des jungen Mannes war Ernst Hellwig. Er hatte einen durchtrainierten Körper und einen kräftig entwickelten Herzmuskel. Er war der Fahrer des Streifenwagens gewesen, der versucht hatte, die Flucht der drei Terroristen zu verhindern. Noch am Unglücksort hatte der Notarzt die richtige Diagnose gestellt: Herztamponade, Verletzung der Kammerwand. Er hatte sofort versucht, das in den Herzbeutel austretende Blut abzusaugen.

Wie eine zuckende Faust, in einem starren, undurchlässigen Gehäuse, so liegt das Herz, die Lebenspumpe, in dem es umgebenden Herzbeutel. Wird einer der Kammermuskeln beschädigt, so ergießt sich das Blut aus dem Herzen in den Herzbeutel. Der dadurch entstehende Innendruck preßt nach kurzer Zeit den Muskel derart zusammen, daß dieser nicht mehr weiterschlagen kann.

Wenn es Ihnen gelingen sollte, die Kugel, die im Herzen des jungen Polizisten steckte, herauszuholen, bestand für Ernst Hellwig eine gewisse Überlebenschance.

Es war ein Wettlauf mit dem Tod.

Und wie in jedem Wettlauf entschied die Zeit...

Das einzige, was Anna damals während seiner dramatischen Operation bewußt wahrnahm, war das Klacken des Beatmers.

Das Geräusch kam kräftig, aber zu schnell und unregelmäßig. Doch die Blutzufuhr funktionierte noch, die Lunge wurde mit Sauerstoff versorgt.

Sie stand neben dem Instrumententisch. Sie versuchte, das alles in sich aufzunehmen, versuchte, mit dem Kreisen der Eindrücke, mit dem dumpfen Druck im Magen fertigzuwerden, vor allem aber, ruhig zu bleiben. »Gleich geht's los«, dachte sie. Im OP herrschte vollkommene Konzentration. Sie blickte sich noch einmal prüfend um, orientierte sich...

»Na, wie steht's?« – Das war Freis Stimme. Anna sah seine wachsamen grauen Augen. Der schwarze Rand um die Iris ließ sie noch heller wirken. Nun waren sie auf Anna gerichtet. Sie schienen lächelnd zu fragen: »Also, was ist?«

»Sieht ganz gut aus«, antwortete Dr. Schneider, der Anästhesist. »Druck bleibt seit fünf Minuten konstant.«

Dr. Spüler, der erste Assistent öffnete den Mund des Patienten. Mit Hilfe eines Kehlkopf-Katheders wurde ein Gummischlauch eingeführt. Der luftgefüllte Ballon daran hatte die Funktion, den Druck innerhalb der Brust gleichbleibend zu halten. Frei blickte noch einmal zur Röntgenaufnahme auf dem großen Bildschirm empor.

»Wahrscheinlich die rechte Kammer«, brummte er. »Wetten, daß es die rechte Kammer ist?« – Auch Anna war dem Blick gefolgt. Deutlich war der Herzschatten zu sehen. – Und darin die Kugel: Ein hellschimmernder Fremdkörper in dem dunklen Gewebe.

Sie mußte plötzlich an Bernd denken. Irgendwo, durch ein paar Wände getrennt, würde auch er an einem Operationstisch stehen. Und auch dort würde ein Körper auf dem Operationstisch liegen, das Klikken des Beatmers zu hören sein.

Und vielleicht gehörte der Körper, an dem Bernd zu arbeiten hatte, dem Mann, der die Kugel hier in dieses Herz geschossen hatte... Verrückt! – Ja, und trotzdem ganz normal. Freund oder Feind, Mörder oder Opfer. Dieser Unterschied spielte hier zunächst keine Rolle. Hier ging es um das Leben, um den Menschen...

»Spray!«

Für Sekunden war Anna abgeschweift. Frei drehte ungeduldig den Kopf. – Anna fing an zu schwitzen. ›Spray! Damit meint er mich.‹ – Herrgott, er mußte den Befehl wiederholen. Und das bei der ersten Handreichung...Sie nahm hastig die Dose mit dem Klebespray und begann, die freiliegenden Hautflächen damit einzusprühen. Plastikfolien wurden daraufgeklebt. Während Anna konzentriert arbeitete, berührte sie Freis Fingerspitzen, und die winzige Berührung vermittelte ihr etwas von seiner Sicherheit. – Das hier war Arbeit! Eine Arbeit wie jede andere...

»Na, wahrscheinlich brauchen wir die gar nicht.« Frei warf einen Blick auf die Herz-Lungen-Maschine. Dann fügte er hinzu: »Die Verwendung des Scheibenoxygenators ist aber nicht ausgeschlossen in einer solchen Situation. Wir werden deshalb die Oberschenkel-Arterie freilegen. Wenn es notwendig werden sollte, schieben wir die Kanüle ein, und damit ist die Rückkehr des arteriellen Blutes in den Körper garantiert, für den Fall, daß wir maschinelle Hilfe brauchen.«

Frei hatte während dieser Erklärung keine Sekunde mit der Arbeit ausgesetzt. Anna reichte ihm das Skalpell, sie nahm an, daß er die Leisten-Inzision zuerst vornehmen würde, um den Anschluß für die Herz-Lungen-Maschine freizulegen. – Zum erstenmal wurde ihr richtig klar, was es bedeutete, bei einer Operation mitzudenken.

Und noch etwas verstand sie: Er hatte die Erklärung nicht aus Gewohnheit abgegeben, sondern für sie. Er wollte sie nicht nur als mechanische Handlangerin, sondern sie sollte wissen, was am Operationstisch passierte. Das wollte er ihr vermitteln.

Ihre Nerven waren aufs äußerste angespannt. Sie sagte sich inbrünstig: ›Ich darf keinen Fehler machen. Und wenn's nicht anders geht, dann wenigstens keinen, bei dem ich mich blamiere...‹

Sie arbeiteten in vollkommenem Schweigen. Ab und zu löste sich ein gedämpfter, murrender Laut aus der Kehle des Operateurs. Die elektronische Uhr über der Tür des Operationssaals spulte unbeteiligt die Minuten und Sekunden ab. Doch die Zeit bemaß sich jetzt danach, ob es gelingen würde, das Geschoß rechtzeitig zu entfernen oder nicht.

Dr. Herzog, der Assistenzarzt, der am Tisch mitinstrumentierte, nickte Anna anerkennend zu. Mit jedem Griff wurde sie sicherer. Sie hatte die gebogene Zange schon in der Hand, als Professor Frei den Leisteneinschnitt noch etwas verlängern wollte, der Professor nahm sie ihr ab und führte sie unter die Arterie, um den Anschluß an die Herz-Lungen-Maschine vorzubereiten.

Frei trat jetzt einen Schritt zur Seite. Er lockerte die Schulter, streckte die behandschuhten Hände. Nun kam der Hauptteil seiner Aufgabe! – Und wieder reichte ihm Anna das Skalpell, ehe er auch nur ein Wort zu sagen brauchte. Der Schnitt führte über das Brustbein. Er teilte es blitzschnell. »Tupfer!« – Die Schere zerschnitt Bindegewebe – und da, in dem sich jäh erweiternden Brustbeinspalt, erschien das Herz.

Anna blieb kaum Zeit für einen Blick. »Rippenspreizer!« – Frei drehte die Sperrschraube bis zum Anschlag. Unter den gewaltigen Reflektoren zuckte der bräunlich-rote Muskel, der Leben bedeutet...

Irgendwann fragte eine Stimme: »Wie spät ist es eigentlich?«

Alle sahen sie zu den schwarzen Zahlen der Digitalanzeige empor. Neun Uhr vierzig.

Noch nicht einmal zwei Stunden hatte die Operation gedauert. Vorbei! – Sie nahm Frei den Mantel ab, er sagte sein ›Danke‹, warf die Kappe auf einen Tisch, bewegte wieder die Schultern, um sich zu lokkern, und dabei sah er sie an, aufmerksam zuerst, dann lächelnd und schließlich mit einem breiten Grinsen.

»Na also«, grinste Professor Frei, der *King*, »na also! Hat doch geklappt, *Gänseliesel*...«

Als Anna schließlich mit dem Bus nach Hause fuhr, wurde es schon hell.

Die Peitschenlampen brannten noch. Dunkel standen die Bäume in der aufziehenden Morgendämmerung.

Sie war totmüde. Beine und Rücken schmerzten, und doch fühlte sie sich leicht und beschwingt. Was sie heute erlebt hatte, würde sie nie vergessen, das war ihr klar. Das Gefühl, etwas Außerordentliches geleistet zu haben, trug sie durch den Morgen. Zufrieden betrachtete sie die müden Gesichter der übrigen Fahrgäste, als der Bus den träge dahinfließenden Neckar überquerte.

Schade, daß Bernd jetzt nicht bei ihr war. Doch auch Bernd war in der Arbeitsmühle dieser Nacht untergegangen. ›Dr. Mahlmann? Tut mir leid, der hat ziemlich lang' operiert. – Aber wo er jetzt steckt...‹

Egal! Bernd würde im Bett liegen. Sie freute sich auf ihn. Und sie freute sich auf den Moment, da er aufwachen würde und sie ihm alles erzählen konnte. – Aufwachen? Wachrütteln würde sie ihn.

Ja, das war ein besonderer Tag...

In der Innenstadt gingen die Leute bereits zur Arbeit. Ehe sie in die Brunnengasse bog, kaufte sie sich noch eine Zeitung: BLUTBAD AM CZERNY-RING! Da stand es auf der ersten Seite. TERRORISTEN GESTELLT. Und da waren die Bilder: Der Streifenwagen, der einem BMW den Weg versperrte. Reglose Figuren am Boden... Die entsetzten Gesichter der Zuschauer.

Sie hatte keine Lust weiterzulesen.

Der Milchmann kam ihr entgegen und grüßte. Über die ausgetretenen Stufen, die zu den Häusern in der Brunnengasse hinaufführten, huschten Katzen. Drüben, im anatomischen Institut brannte bereits das Licht. Sie stieß die Haustüre auf. Der vertraute Geruch stieg ihr in die Nase, sie hörte das Quietschen der Stiegen. Sie zog den Schlüssel heraus und schloß auf, aus dem Wohnzimmer kam Musik. Es war Mahlers dritte Symphonie, Bernds Lieblingsplatte.

Sie öffnete behutsam die Tür. Ja, da hockte er. Das Gesicht blaß und ausgelaugt, die dunklen Haare wirr um den Kopf, saß er mitten unter seinen Platten, vor sich eine Flasche Wein und den gefüllten Aschenbecher.

Sie ließ ihre Tasche fallen, rannte durch den Raum, kniete sich zu ihm und preßte ihre Stirn gegen seinen Kopf. Seine Hand berührte ihre Schulter, blieb dort liegen, leicht, teilnahmslos, beinahe etwas abwehrend.

»Ach, Bernd! Das war eine Nacht heute, was?«

Er nickte.

»Du, die *Gräfin* ist ausgefallen. Ich mußte alles machen, stell dir vor! Ich ... ich ...«

»Ich hab's schon gehört.«

Sie sah ihn an. Was hatte er? Sein Gesicht war so abwesend, der Kopf geneigt, als lausche er noch immer der Musik. Enttäuschung stieg in ihr auf. Warum fragte er sie nicht aus? Warum war er so komisch?

»Konntest du nicht schlafen?«

»Ach, ich wollt' noch ein bißchen Musik hören. Weißt du, die Nerven ... Bin ziemlich kaputt.«

»Armer Bernd ...« Sie streichelte die Hand auf ihrer Schulter.

»Ihr hattet 'nen Herzsteckschuß, nicht wahr? Frei kann das. Kein Zweifel ...«

War das alles? Warum fragte er nicht nach ihr? Warum fragte er nicht, wie ihr zumute war? Warum fragte er nicht, wie der Chef reagiert habe? Sie hatte ihm doch alles erzählen wollen. Nun fühlte sie sich irgendwie betrogen. Plötzlich fühlte sie sich müde...

»Soll ich dir 'nen Kaffee machen?«

Er schüttelte nur den Kopf. Er machte auch keine Anstalten, ihr zu folgen. Sie lag allein im Bett und konnte nicht schlafen. Zum ersten Mal fühlte sie sich einsam. Sie ahnte, daß ihn irgend etwas beschäftigte, wobei sie ihm nicht helfen konnte. Sicher, der Streß, die Intensität der Arbeit... doch das war nicht alles. Ihr Instinkt, ihre in drei Jahren Gemeinsamkeit geschärfte Sensibilität sagte ihr, daß es noch etwas anderes gab, das zwischen ihnen stand.

Erst Monate später, als sie ihm eröffnete, daß sie schwanger sei, bekannte er, daß er eine andere Frau kenne und liebe.

Er liebe sie seit jener Nacht...

Die Brunnengasse... Braune Sandsteinfassaden, dieselben alten Häuser. – Auf den ersten Blick hat sich nichts geändert.

Didi streckt den Kopf aus dem Fenster des VW. »Da hast du mal gewohnt?«

»Ja, da oben, siehst du die drei Fenster. Das war meine Wohnung.«

»Und da wohnt jetzt die Tante Ulrike?«

»Ja. Sie hat die Wohnung damals von uns übernommen.«

Didi nickt. Er spricht nie von seinem Vater. Und sie ist ihm dankbar dafür. Die langen Unterhaltungen, der Versuch, etwas zu erklären, was einem Kind nicht zu erklären ist, war schon schwer genug gewesen. Nun ist es vorbei... »Ulrike ist nett. Du wirst sehen...«

»Aber hier gibt's ja nirgends einen Garten.«

Nein, hier gibt es keinen Garten. – Sie hat Mühe, die Tür zu finden. Der Eingang ist versetzt, und statt verschrammten Holzes glänzt jetzt Lack. Daneben hat die alte Schreinerei einer Boutique Platz gemacht. Im Aufgang gibt es keine knarrenden Stiegen mehr, die Fenster sind blitzblank, die Wände, von denen einst der Verputz wie Schorf abfiel, schimmern im Licht der indirekten Beleuchtung. Alle Achtung! Die haben hier was reingesteckt! – So elegant ist es geworden, daß Anna einen Augenblick lang befürchtet, sie sei im falschen Haus.

Doch da steht's: ULRIKE WERNER

Und Ulrike ist die alte geblieben: Blinzelnde blaue Augen hinter einer riesigen Brille, abwehrend zunächst, dann voll Begeisterung. »Ach, ihr seid's! Na endlich! Ich wart' schon 'ne Stunde auf euch. Mensch, Didi, wie groß du geworden bist. Wie ist das, habt ihr schon gegessen? – Anna, hinreißend siehst du aus. Wirklich hinreißend! – Aber sag, warum seid ihr bloß so spät?«

»Das Wetter«, sagt Anna. »Es hat pausenlos geregnet auf der Autobahn. War vielleicht 'ne Fahrt.«

»Na, kommt mal rein in die gute Stube! – Und für dich, Didi, für dich hab' ich 'nen Kakao. Magst du Kakao? – Ich hab' auch Kuchen... Das heißt, ich könnt' euch auch noch was Warmes zu essen machen.«

Und so weiter und so fort... Ulrike war hektisch

wie eh und je und wollte ständig zehn Sachen auf einmal machen, was sie dann einigermaßen ins Schleudern brachte.

Sie setzen sich auf das geblümte, gemütliche Sofa im Wohnzimmer. Als Didi schließlich gegessen hat und ins Band gegangen ist, sagt Ulrike, während sie ihre vierte und Anna die erste Zigarette raucht: »Anna, ich kann's noch immer nicht fassen. Du wieder in Heidelberg! Da sind wir ja wieder zusammen wie in alten Zeiten.«

»Ich hätte mich schon viel früher dazu entschließen sollen.«

»War's denn in Maifeld wirklich so schlimm?«

»Was heißt schlimm? Wenn man aus so einer kleinen Stadt zu lange weg ist, findet man sich dort einfach nicht mehr zurecht.«

»Aber du hattest doch so einen prima Job? Bei diesem Praktiker...«

»Prima? Vielleicht war die Bezahlung prima. Aber zur Sprechstundenhilfe für Krankenschein-Sammler bin ich nicht geboren. Und dann das ewige Gerede. Und meine Mutter, die mir ständig einen Mann andrehen wollte... Sie nannte das *einen ordentlichen Vater für Didi suchen.*« Anna drückte die Zigarette aus. »Reden wir nicht mehr davon.«

»Hast du was von Bernd gehört?«

Sie weicht Ulrikes aufmerksamem Eulenblick aus und schüttelt nur den Kopf. »Nein... und sei mir bitte nicht bös', aber ich bin noch immer nicht soweit, daß ich darüber reden will. Er spielt irgendwo den Rotkreuzarzt. Das ist alles, was ich weiß. – Sag' mir lieber, was bei dir läuft.«

»Nicht viel. – Du weißt doch, die Röntgerei hab' ich gesteckt. Da gab's mal einen netten Jungen, einen wirklich sehr netten Mann... der wollte mit mir eine Familie gründen, und da bekam ich's mit der Angst. Vielleicht bin ich nicht zur Mutter geschaffen, trotzdem möchte ich jedoch auch nicht am Röntgenschirm so langsam unfruchtbar werden.«

»Und was machst du jetzt?«

»Jetzt arbeite ich bei den Biochemikern in der Datenverarbeitung. Stinklangweilig. Am Anfang meinst du, du schaffst es nie, und dann, wenn du mal den Bogen raus hast, dann gähnst du dich zu Tode.«

»Was ist denn aus dem netten Jungen geworden, der ein Kind von dir wollte?«

Sie lacht. Und es ist das alte Ulrike-Lachen, das jeder, auch der traurigsten ihrer Liebesgeschichten, einen komischen Anstrich verleiht. »Na, kannst dir doch denken. Abgehauen. Und weißt du, wohin? Nach Malta! – Ursprünglich wollte er Lehrer werden. Aber Malta gefällt ihm besser. Weiß der Teufel wieso...«

»Und jetzt?«

Ulrike reibt sich die Nase. Falten stehen auf ihrer Stirn. Die Art, wie sie den Kopf neigt und mit der Zigarettenschachtel in der Hand spielt, zeigt Anna: Gleich wird sie wieder die Geschichte einer einmaligen, einzigartigen, aber leider Gottes hoffnungslosen Liebe hören.

»Nun rück' schon raus damit, Ulrike! Wie heißt denn der Glückliche?«

»Rolf.«

»Verheiratet?«

Ulrike sieht auf und verzieht den Mund. Sie wirkt ein bißchen wie ein trauriger Clown. »Na, was denkst du denn? Find mal in dieser Stadt einen vernünftigen Mann, der nicht verheiratet ist. Sowas gibt's doch gar nicht. Entweder sie spinnen, oder sie kommen frisch aus dem Kindergarten. Daneben gibt es noch die Super-Playboys... so einfach ist das nicht.«

Einfach war es noch nie. Zumindest nicht für Ulrike.

»Und was macht er denn?«

»Psychologe.«

»Auch das noch!«

»Na, so kann er wenigstens seine Probleme analysieren. Die anderen haben bloß welche.«

Anna muß lachen. »Und wie oft siehst du ihn?«

»Das ist es ja gerade. Weißt du, er meint, es sei für ihn durchaus möglich, zwei Frauen zu lieben. Ein Psychologe schaffe das schon. Na, ich muß es eben akzeptieren. Auch für mich sind die Blütenträume vorbei. Die Reisen in den Odenwald, weißt du noch...«

Und ob sich Anna daran erinnert. Mein Gott, was hatten sie damals gelacht! Und wie oft waren sie hinausgefahren, hatten Federweißen getrunken, Spaziergänge gemacht, irgendeinen Gasthof entdeckt und gebührend eingeweiht.

»Nein, ich mach' mir keine Illusionen mehr«, sagt Ulrike. »Er kommt alle drei Wochen. Und wenn wir zusammen sind, dann ist es schön. – Und damit wären wir auch schon bei dem Problem...«

»Welches Problem?«

Wieder reibt sich Ulrike die Nase. Die Augen starren unglücklich. »Ach, weißt du, er kommt am Freitag. Ich weiß das erst seit heute. Aber er hat ein paar Tage frei. Und seine Frau, sie ist übrigens auch Psychologin, hat irgendeinen Kongreß am Bodensee. Und so...«

»...und so sind wir hier wohl überflüssig?«

»So war das nicht gemeint.«

»So sollte es auch nicht klingen, Ulrike.« Anna hat Mühe, ihre Fassung zu bewahren. Sie versteht Ulrike ja. Aber Herrgott, was jetzt? Mit sechshundert Mark in der Tasche und dem Kind.

»Ich bring' dich schon irgendwo unter.«

»Sind die Zimmer hier sehr teuer? – Weißt du, Frei hat mir 'nen Job versprochen. Aber du kennst ihn doch; er verspricht alles.«

»Frei? – Du warst nicht nur seine beste Kraft, er stand doch auf dich! Der tut wirklich was für dich, Anna!«

»Hoffentlich. Heute abend soll ich ihn treffen.«

»Mensch, der *King*. Anhänglich ist er ja, das muß man ihm lassen. Vor allem bei einem so hübschen Mädchen... Du hast dich wirklich kaum verändert.«

Anna betrachtet ihr Gesicht im Spiegel des Badezimmers, das Didi in ein von Dampfschwaden durchzogenes Schlachtfeld verwandelt hat. Sie sieht sich nur verschwommen darin. Hat sie sich wirklich so wenig verändert? – Plötzlich überkommt sie das Gefühl, ihre Zukunft hänge davon ab, daß Ulrike recht hat...

Didi planscht übermütig in der Badewanne herum, so daß das halbe Bad unter Wasser steht.

»Sag mal, was soll der Quatsch? Und wer wischt diese Schweinerei nachher wieder auf?«

»Du!« kräht Didi und grinst.

Natürlich hätte sie ihm eins hinter die Löffel geben müssen. Sie versucht, den beschlagenen Spiegel mit einem Handtuch trocken zu wischen. *Vierzehn Tage kannst du ohne weiteres in der Brunnengasse wohnen!* – Hoch und heilig hatte es Ulrike am Telefon versprochen. Und sie hatte sich darauf verlassen. Was jetzt...

Ja, verdammt noch mal. Was jetzt?

›Deine eigene Schuld!‹ denkt sie. ›Bei Ulrikes Schusselei hättest du wissen müssen, daß etwas dazwischen kommt...‹

Es gelingt ihr, den nassen, strampelnden Didi aus dem Bad zu zerren, ihn in ein Frotteehandtuch einzuschlagen und hinüber ins Wohnzimmer zu tragen. Soll sich doch Ulrike mit ihm beschäftigen, damit sie erfährt, was es heißt, ein Kind zu haben... Anna geht ins Badezimmer zurück und läßt die Tür offen, um den Dampf abzulassen.

Sie streift die Bluse ab. Sorgfältig, als habe sie eine Fremde vor sich, studiert sie das Spiegelbild, die hohen Backenknochen, den weichen Fluß der Haare, die Stirn, die Schatten unter den grünen Augen, die kurze Nase, den Mund, der ihr immer zu breit erschienen ist. Die Fingerspitzen streichen über das Kinn, den Hals entlang. – Alles in Ordnung.

Was hatte Ulrike vorhin gesagt? *Frei stand schon immer auf dich.* – Sie hatte diesen Ausdruck nie gemocht. Er erschien ihr albern, plump... Und außerdem: Freis sogenannte Schwäche für Frauen hatte andere Ursachen. Die Begegnung mit der Schattenseite des Lebens, sein ständiger Kampf mit dem Tod, hatte in ihm eine tiefe Sehnsucht nach Schönheit erweckt. Für ihn war ein Flirt das gleiche wie seine stundenlangen Spaziergänge oder seine an Besessenheit grenzende Freude an Kunst und Musik... *Ich muß doch gegensteuern,* hatte er einmal erklärt. *Kapiert ihr das denn nicht? Und was die Frauen angeht; was soll ein Mann wie ich schon gegen sie ausrichten?*

›Ein Mann wie er?‹ denkt sie und genießt, wie das Wasser in der Wanne höher steigt und ihren Körper zu liebkosen beginnt. ›Ein Chirurg? Im Grunde sagt es alles. Wo gibt es schon so etwas wie eine normale Chirurgen-Ehe? Wie kann ein Mann, für den nur der Beruf zählt, noch Zärtlichkeit und Zeit für einen anderen Menschen aufbringen? Auch mit Bernd wäre es so gekommen.‹

Sorgfältig kleidet sie sich an. Doch das grüne Leinenkostüm, das sie mühsam aus dem Koffer kramt, erscheint ihr unpassend. Zu formell, zu damenhaft... So nimmt sie doch ein paar frische Jeans, dazu die weiße Bluse mit den blauen Tupfen und eine kleine grüne Lederweste. Make-up? Nein, warum auch? Sie föhnt und bürstet ihre Haare, und als sie sich betrachtet, hat Anna seit langem wieder das erste Mal das Gefühl, eine Frau zu sein...

Von dem Platz am Fenster des kleinen Weinlokals aus beobachtet sie, wie der Wagen vorfährt. Es ist noch immer der alte verschrammte, grüne Jaguar.

Tropfen perlen von der Karosserie und funkeln im Licht der Ampel. Die Tür geht auf: Frei! – Als er sich aufrichtet, überrascht sie seine Größe. Sie hatte seine Einsneunzig vergessen. Er richtet das Gesicht nach oben und setzt es den Regentropfen aus, den Mantel zieht er nicht an, sondern wirft ihn trotz des Regens einfach über die Schulter. Dann geht er schräg über die Fahrbahn, wobei er sich einen Teufel um den Verkehr schert.

»Guten Abend, Herr Professor. Welche Freude, Sie wieder einmal hier zu sehen.« – Auch die übertriebene Verbeugung des Wirts gehört dazu: Der *King* hat seinen Auftritt.

»Darf ich Ihnen einen Tisch...?«

»Danke. Ich werde erwartet.«

Sie hebt die Hand. Und da hat er sie schon entdeckt. Das Lächeln auf seinem Gesicht verschwindet. Er geht langsamer. Die Augen unter den ausgeprägten Brauen sind schmal, suchen, erfassen... Chirurgen-Augen.

»Meine Kleine... meine Gänseliesel... na so was! Da wären wir ja wieder...«

Doch er setzt sich noch immer nicht. Er starrt sie nur an. Er nimmt ihre beiden Hände, dann sagt er:

»Mein Gott, die Jahre haben dir gutgetan!«

Sie blickt ihn fragend an.

»Früher warst du hübsch – jetzt... jetzt bist du schön. Eine richtige Frau bist du geworden.«

Dann nimmt er ihre rechte Hand und führt sie vorsichtig und zart an seine Lippen...

Das Kerzenlicht läßt die Gläser aufleuchten. Frei lächelt Anna zu und sagt: »Wie schön, daß wir uns einmal wiedersehen. Hast dich wohl mächtig über mich geärgert heute?«

Sie wird rot. »Ich? Aber Herr Professor... Wieso denn?«

»Gib's doch zu, Mädchen! Du hast doch gedacht: *Der Alte hat wieder einmal alles verschlampt*.«

Sie sucht nach Worten... und findet sie nicht. Irgendwas Scherzhaftes, Nettes... Wieso bringt sie es bloß nicht fertig, auf seinen Ton einzugehen? Warum nimmt sie nicht den Faden auf, den er ihr zugeworfen hat? ›Du benimmst dich wie der letzte Bauerntrampel‹, denkt sie. ›Da sitzt Frei, einige halten ihn für den bedeutendsten Chirurgen Deutschlands, in Heidelberg jedenfalls ist er wirklich der *King*. Die Leute starren schon verstohlen herüber, die Frauen haben ganz glänzende Augen... und sicher sind genug darunter, die dich um diesen Tischherrn beneiden. Und du sitzt hier knallrot herum und bist unfähig, was Vernünftiges zu sagen, unfähig, was Vernünftiges zu denken außer dem einen: Lieber Gott, hoffentlich hat er es nicht vergessen! Hoffentlich hilft er mir...‹

»Hunger?« sagt er und schiebt die Karte über den Tisch.

»Ich glaube nicht... Danke.«

Er legt die Hand auf ihre Hand. Sie spürt den Druck jedes einzelnen Fingers. Und das bleibt so, während er weiterspricht.

»Mädchen, Anna! Jetzt beruhig dich mal. Ich hab' was für dich gefunden...«

»Wirklich?« Am liebsten wäre sie ihm vor allen Leuten um den Hals gefallen. *Ich hab' was für dich gefunden...* Es ist wie eine Erlösung. Jetzt endlich kann sie lächeln, fühlt sie sich frei. Eine Woge von Wärme rieselt durch ihren Körper. Sie liebt die Hand dort, die die ihre hält, die Hand, die sie so gut kennt... Freis Hand.

»Na hör mal, was hast du denn gedacht? Hast du im Ernst geglaubt, ich fahr' jetzt in Urlaub und laß' dich hängen? Du gehörst doch zu meinem Team. Zwei wie wir, die schon so oft zusammen am Tisch gestanden haben, was?«

»Natürlich nicht«, stottert sie.

»Natürlich doch, hast du das gedacht«, grinst er. »Aber lassen wir's. Schauen wir lieber mal die Karte an. Was hältst du zum Beispiel von dem gebeizten Rehrücken hier? Er ist wirklich ausgezeichnet. Und vorher ein bißchen Lachs?«

Der dicke Wirt beugt sich diensteifrig über Annas Schulter. »Wenn ich der Gnädigen Frau empfehlen dürfte, etwas Sahnemeerrettich vielleicht...«

Das alles ist ziemlich unwirklich: Der Herr Professor und die Gnädige Frau... Sie beobachtet, wie Frei das Fleisch zerschneidet, es auf dem Teller verteilt, Sauce darüber gießt und ihr mit erhobenem Glas zuprostet:

»Auf uns zwei! Prost, Gänseliesel!«

Der Wein macht alles leicht. Die Gedanken fließen, und Frei erzählt von früher, von der Party anläßlich seines fünfzigsten Geburtstages auf einem alten Neckardampfer, von dem struppigen, kleinen Schiffsköter, der sich während dieser Party das Bein brach und den sie dann gemeinsam in der Kajüte versorgten. Von Hübner, der inzwischen leitender Chirurg am Robert-Bosch-Krankenhaus in Stuttgart geworden ist, von dem kleinen Schneider, dem man wegen seiner Morphiumsucht die Approbation entziehen mußte, von den anderen Mitgliedern seines Teams, von Angela, der Verbands-Schwester, dem dicken Heubauer, der so gerne trank. »Alle hatten sie ziemlich viel Ärger mit mir, was? Was ich liebe, brüll' ich an. Und jetzt sind sie alle weg. Na ja, uns beide gibt's ja noch. Oder gibt es wieder.«

Und dann, als er seine Pfeife anzündet, will sie endlich fragen, welche Arbeit er für sie gefunden hat.

Doch da beugt er sich über den Tisch und fragt: »Was macht der Kleine? Hast du ihn dabei? Wie alt ist er jetzt?«

»Sieben.«

»Mein Gott, wie die Zeit vergeht. Sieht er seinem Vater ähnlich?«

Sie zögert. Schließlich war Bernd Mahlmann Freis Schüler gewesen, und einer der besten dazu. Der *King* hatte sich stets für die Probleme seiner Mitarbeiter interessiert. Manchmal hatte sie sogar den Verdacht, daß hinter seiner warmherzigen Anteilnahme nichts stand als der Wunsch, die Leere eines Lebens zu überbrücken, in dem es nichts anderes gab als die Arbeit.

Ob Didi seinem Vater ähnlich sieht?

Bernds Gesicht ist aus ihrem Bewußtsein gelöscht. Es existiert nicht mehr, darf nicht mehr existieren...

»So ein verrückter Hund!« Frei schüttelt den Kopf.

»Bei so viel Begabung war für ihn das Leben eine einzige Chance. Ständig fragt man mich: ›Wissen Sie nicht 'nen guten Chirurgen?‹ – ›Ich wüßte schon einen‹, sage ich denen. ›Einen prächtigen Oberarzt würde der abgeben. Aber da müssen Sie sich schon nach Kambodscha bemühen. Dort sitzt er im Busch. – Und dann ist's immer noch fraglich, ob er kommt.‹«

Sie hebt den Kopf. »Kambodscha?«

»Ja, dort arbeitet er jetzt.«

»Als Rotkreuzarzt?«

Frei lacht. »Für einen Bernd Mahlmann ist das IRK doch ein viel zu lahmer Laden. Nein, er gehört irgendeiner freiwilligen Ärzte-Vereinigung an; Einzelgänger, die sich verschworen haben, um die Menschheit zu retten.«

»Woher wissen Sie...?«

»Weil ich ihn auf einem Foto in einer Illustrierten entdeckt habe. Da hockte er mitten unter halb Verhungerten: Bernd Mahlmann! Unrasiert. Sein eigenes Heldendenkmal. Und eine lebende Mahnung an alle vollgefressenen Beutelschneider unserer Gilde. Wahrscheinlich ist es genau das, was er erreichen will. Und wahrscheinlich muß man ihn ja auch bewundern. – Obwohl mir Idealisten schon immer Angst eingeflößt haben. Selbstüberwindung? Okay. – Aber dahinter steckt dann meist so eine schreckliche Geschichte, wie dieser Unfall damals...«

Annas Glas kippt um. Der Kelch zersplittert am Tellerrand. Die Gesichter an den andern Tischen erstarren.

»Reflektive Fehlleistung«, kommentiert Frei trokken. »Anna, ist das nicht ein bißchen viel, was du da wegdrückst?«

Hilflos blickt sie ihn an. Er hat ja recht. Ehe die Kellner heranstürzen, hat Frei die rote Pfütze mit Servietten trockengetupft.

»Irgendwann wirst du dich schon damit auseinandersetzen müssen, Mädchen. Oder ich schick' dich zum Therapeuten... Aber wechseln wir mal das Thema, was?«

Sie nickt.

»Gut. Reden wir von deinem neuen Job.«

»Was ist es denn?«

»Ja, sieh mal: Die arme Helga, die deine Nachfolge angetreten hat, kann ich ja nicht rauswerfen. Das mußt du verstehen. Außerdem, sie ist gut. Wirklich... Und sie gibt sich so viel Mühe. Aber in Heidelberg wird ja so viel herumgeschnitten. Es ist also nur eine Frage der Zeit, bis ich dich wieder im OP unterbringe. In der Zwischenzeit jedoch...«

Er drückt mit dem Daumen den Tabak in den Pfeifenkopf zurück. »Du brauchst doch gleich was, oder?«

»Ja, Herr Professor.«

»Und der Kleine? Was ist denn mit dem? Ich hab' mir das alles überlegt, Anna. Hat doch keinen Zweck, wenn er den ganzen Tag allein rumrennt. Wie heißt er überhaupt?«

»Didi.«

»Prima. Dein Didi, der will doch was von seiner Mama haben. Von einer solchen Mama noch dazu...«

Er lächelt.

Sie nickt. Sie ist glücklich, daß er sie so gut versteht. Sie braucht ihm nichts zu erklären.

»Gut. Um die Startschwierigkeiten zu überbrükken, die du jetzt hast, könntest du doch erst mal im Nachtdienst arbeiten. Was hältst du davon? Und noch was: Eine Wohnung hätte ich auch für dich. Meine Schwester... Kennst du die eigentlich?«

»Nein.«

»Na, da hast du nichts versäumt. Wirklich nicht. So 'ne ewige Jungfrau aus dem Norden. Eine wahre Beißzange. Oberstudienrätin in Bremen. Jedenfalls, sie leidet an der Zwangsvorstellung, sie müsse jedes Jahr mindestens einen Monat lang ihrem Bruder auf die Finger sehen. Sonst könnte der doch verkommen, verstehst du? Ich hab' sie schon ein paarmal rausgeschmissen. Völlig sinnlos. Sie hat sich einfach eine Bude in meiner Nähe gemietet. Ein altes Gartenhaus. Hübsch, romantisch und unbequem. Das kannst du haben. Fürs erste. Wenn du willst. Ich hab' den Schlüssel...«

»Kleopatra«, sagt sie, »die braucht einen Garten.«

»Was... Wer?«

»Didis Schildkröte!«

Er grinste.

»Na, den hätte sie dann...«

»Und... und die Arbeit, Herr Professor?«

Wieder kommt sein Lächeln, das Lächeln des *Kings*, strahlend, gütig, voll Herzlichkeit. Er ist ganz Obergott, der den Seinen Dach, Brot und Glück zumißt. »Station IV, Wartberg-Klinik. Eine Wachstation, weißt du. Dort kommen die Fälle hin, die mir besonders am Herzen liegen. Und eines sage ich dir gleich: So was findest du sonst nirgends. Ich hab' die ganze technische Ausstattung mitkonzeptiert. Wenn du die Station siehst, dann wirst du Augen machen. Du wirst staunen, das sage ich dir...«

Anna geht durch den Empfangsraum. Seit zehn Tagen arbeitet sie nun in der Wartberg-Klinik. Decke und Wände schimmern in mildem Resedagrün, indirektes Licht liegt auf den baumhohen Blattpflanzen. In den Krankenabteilungen, die sie früher kannte, zog sich braunes, abgetretenes Linoleum über endlose Korridore, Rollstühle versperrten den Weg, das Email war von den Bettgestellen abgesplittert. Männer-Station. Frauen-Station. Zutritt verboten. Vierbett-, Sechsbettzimmer. Und alles uniform, auf Massenbetrieb ausgerichtet, zweckmäßig und abgenutzt.

Hier aber...

Die zarten Pastelltöne der Bilder leuchten ihr entgegen. Tiefrotes Palisander-Furnier an den Türen. Messingklinken; alles teuer, elegant – fehlt nur noch die Musikberieselung, dann ist das Hilton fertig.

Doch was ändert es an dem Elend, das hinter dem Palisander wartet? *Schönheit ist auch Tröstung,* hatte die Oberschwester geflötet, als sie beim ersten Rundgang Annas Staunen wahrnahm. *Finden sie nicht auch?*

›Na hoffentlich...‹ denkt sie.

Als sie im Stationszimmer den Mantel in den Schrank hängt, kommt auch schon Else Evers, die Stationsschwester hereingeschossen.

»Ist ja toll! Da bist du ja, mein Schatz. Und ich dachte schon, das wird wieder mal knapp.«

Die Evers zieht das schiefgerutschte Häubchen ab und wirft es auf den Tisch. Klein ist sie, energiegeladen und drahtig. Das spitze Vogelgesicht mit den braunen Augen strahlt.

»Wieso knapp?«

»Ich hab' doch Kurs. Heute wird modelliert. Kleinplastiken. Zum ersten Mal. Ich fang' ja erst an. Aber mein Lehrer meint, ich sei wirklich talentiert.«

Ihre Augen funkeln. Kleine rote Flecken hat sie auf der Stirn. Sie ist glücklich, und man sieht es ihr an. – Else nimmt Abendkurse an der Volkshochschule. Dienstags und freitags. Das sind die beiden Abende, an denen ihr Mann Orchesterprobe hat. »Was soll ich denn sonst machen? Ein Glück, daß es die Kurse gibt... Nach einem solchen Tag in der Klinik, da fallen dir einfach die Wände auf den Kopf. Und der Lehrer... du, ein Super-Typ!«

Anna nickt. »Wie sieht's denn hier aus?«

»Alles ruhig. Morgen hast du zwei Entlassungen. Der nette blonde Junge von achtzehn; der mit dem Meniskus. Schade. Er hat mir so schön geholfen... Ja, und dann noch der Kropf von Zimmer vierzehn.«

»Frau Heller?«

»Ja, die mit der Strumaresektion. Ein Glück, daß die mich in Zukunft nicht mehr nervt. Ihr ewiges ›Schwester, als Privat-Patientin kann ich verlangen...‹ Den Kropf ist sie los, die alte Ziege. Aber die Hysterie hätte ihr der Professor auch gleich rausnehmen sollen.«

Anna lacht. »Und Heinrich?«

»Der? Am liebsten würde der noch sein Büro hier aufmachen. Ein Zirkus ist das! Den ganzen Tag sind diese Aktenköfferchen-Typen hier rummarschiert. Dabei, wenn ich an seine Senkung denke! Weißt du was? Am liebsten würde ich es ihm sagen.«

Sie fährt in ihren Mantel. »Was heißt sagen? – Schreien möchte ich: ›Mann, merken Sie denn nichts? Glauben Sie tatsächlich an das Märchen von Ihren Magengeschwüren? Meinen Sie, Sie wären stärker als das Karzinom?‹ – Aber wahrscheinlich hat der Oberarzt recht. In seinem Falle wäre Wahrheit Mord... Also, was rege ich mich auf?«

›Das tust du doch gar nicht‹, denkt Anna und blättert in dem Plastikordner mit Patientenkarten, Fieberkurven, Medikamenten-Anweisungen. Else Evers ist tüchtig. Sonst hätte sie bei Frei diese Position nie erreicht. Und Else Evers ist deshalb gut und tüchtig, weil sie sich die Probleme anderer nicht unter die Haut gehen läßt. Man kann nicht jedes Leiden mitleiden, jeden Tod mitsterben. Das ist die Regel Nummer eins, nicht nur im OP, sondern – und das beginnt Anna langsam zu lernen – vor allem hier auf der Pflegestation. *Hör dir alles an. Sei lieb und nett. Tu im richtigen Moment das Richtige... Aber: Verausgabe dich nicht! Deine Nerven müssen funktionieren. Und ein bißchen gehören sie auch noch dir...*

Anna blickt auf die Uhr. Fünf vor acht. Und Didi wartet zu Hause auf den Anruf. Mein Gott, die ersten Tage waren schrecklich. »Bitte, Mami! Bleib doch. Ich hab' Angst.« Doch heute hat er sogar gelächelt. »Viel Spaß! Mach dir keine Sorgen. Bestimmt: Ich geh' schon ins Bett.«

Keine Sorgen! Als ob das so einfach wäre... Sie drückt die Nummern. Das Freizeichen ertönt. Einmal, zweimal, dreimal...

Annas Finger werden kalt. Warum geht Didi nicht ans Telefon? Er muß es doch hören. Vielleicht hat sie die falsche Nummer erwischt?

Und während sie erneut wählt, sieht sie quälend genau das Zimmer vor sich: die altertümlichen schweren Möbel, die kleine Schirmlampe mit ihrem rosafarbenen Lichtkreis und Didi zwischen den Kissen – so klein, so verloren...

Ihr Herz klopft. Was ist nur los? Wo steckt er denn, zum Teufel? Wieso nimmt er den Hörer nicht ab? – Nichts! Nur das Freizeichen...

Sie versucht die jähe Angst mit Erklärungen zu beschwichtigen. Vielleicht ist Didi im Bad, oder er ist nochmals vor die Haustür in den Garten gegangen? – Doch, was soll er dort? Er hat doch Angst im Dunkeln. Nein, aber wenn er in der Küche das Wasser laufen läßt, dann hört er das Telefon vermutlich nicht. Auch im Bad ist es dasselbe. Oder er hat noch dazu das Radio angestellt?

Herrgott, Didi!

Sie sieht auf die Uhr.

Acht! Es ist Zeit...

Der Korridor mit den Türen zu den Patientenzimmern bildet einen U-förmigen Bogen.

Am Ende des Ganges, an seiner Öffnung, befindet sich die verglaste Patienten-Überwachungszentrale.

Hier flimmern Monitoren; die von den Rezeptoren aufgenommenen Daten werden den zentralen Meß- und Registriergeräten übermittelt, von denen das Personal sie abliest: Temperatur, Herztätigkeit, Pulsfrequenz, Blutdruck, Atmung. Außerdem müssen die Geräte zur Erhaltung der Elementarfunktionen, die Beatmer, Ultraschall-Vernebler zur Anfeuchtung der Atemluft, die Herzschrittmacher überwacht werden.

Unbeteiligt, präzise, unermüdlich verzeichnen elektronische Sensoren den Abwehrkampf der Menschen gegen die Krankheit. Die stille Gestalt der Pflegerin am Bett, den Menschen, der den Kranken bei seinen Wanderungen zwischen Tod und Leben zu beobachten hat, ersetzt die Technik mit kühler Perfektion. Es ist der Alptraum jeder Nachtschicht, daß aus Übermüdung oder Fahrlässigkeit eine Krise nicht bemerkt wird...

Daß die ›Station für Sonderfälle‹, die Station IV, sich diesen ganzen raffinierten, aufwendigen, teuren technologischen Luxus erlauben kann, hat sie der besessenen Initiative Professor Freis zu verdanken – aber auch der Finanzhilfe eines einzelnen namens Heinrich Schwertmeister. Für den millionenschweren Unternehmer und Versandhaus-König war der Klinikbau nicht allein Sache des Prestiges – er sah die Möglichkeit, Gewinne sinnvoll anzulegen. – Doch nun regiert er nicht mehr von seiner Mannheimer Zentrale aus. – Jetzt liegt er selbst auf Zimmer acht, hilflos wie alle Sterbenden: ein todgeweihter Krebspatient.

Zimmer acht. Hier beginnt Annas Rundgang. Hier

hat er auf ausdrückliche Anweisung des Oberarztes zu beginnen.

Heute drückt sie nur zögernd die Klinke. Der Gedanke an Didi läßt sie nicht los. Im Zimmer ist es dunkel. Das Viereck des Fernsehers strahlt ein flimmerndes, bläuliches Licht aus. Die Stimme eines Sportsprechers brüllt: ›Da sehen Sie es selbst; der kleine Müller ist schon wieder durchgebrochen! Unglaublich, wie er ackert! Jetzt, ja jetzt kommt die Flanke ...‹

Anna rutscht auf einer am Boden liegenden Zeitung aus und stolpert.

»Was ist das denn schon wieder«, ruft eine Stimme.

»Das«, sagt Anna erbittert, »das bin ich, Herr Schwertmeister!« Sie setzt das Tablett ab und knipst das Licht an. Tabakschwaden hüllen den Raum in Nebel. Der Alte dreht den Kopf zur Seite. Er drückt die Zigarre im Aschenbecher aus. Sein von Medikamenten aufgeschwemmtes Gesicht verzieht sich zu einer Grimasse, die an einen schuldbewußten Schuljungen erinnert.

»Mensch, Schwester! Da will man sich mal entspannen ... Den ganzen Tag hab' ich mich auf dieses Spiel gefreut. Und jetzt, jetzt kommen sie hier reingebrochen.«

»Ich komme nicht hier hereingebrochen, Herr Schwertmeister. Ich tu' meinen Dienst. Der besteht übrigens darin, ihnen dabei zu helfen, wieder gesund zu werden.«

»Das werd' ich auch ohne euch. Vor allem werd' ich's ohne das blödsinnige Theater, das ihr hier mit mir anstellt. Was? – jetzt wollen Sie mir auch noch den Ton abdrehen?«

»Nicht nur das. Auch die Zigarre nehme ich Ihnen weg. Und jeder, der hier reinkommt, wird in Zukunft gefilzt. Hier stinkt es doch wie in einer Bahnhofskneipe. Das Rauchen tut Ihnen doch nicht gut, Herr Schwertmeister.«

Er dreht ihr den im Gegensatz zu seinem dünnen faltigen Hals schweren, beinahe quadratischen Kopf zu. Unter den dichten, grauen Haaren funkeln zwei blaue Augen.

Sie erwidert seine Blicke. Er fängt an zu grinsen. – Doch das Lächeln wirkt müde.

Sie faßt nach seinem Puls.

»Hören Sie mal, Anna – so heißen Sie doch, nicht wahr, Schwester?«

»Ja.«

»Wissen Sie, Sie erinnern mich an meine Mathilde. War meine Haushälterin. Zwanzig Jahre hat die mich schikaniert. Derselbe Ton. Na, und inzwischen ist Sie gestorben. Krebs! Die Arme... Ich hab' sie sehr gemocht.«

Seine Haut fühlt sich an wie Pergament. Doch sein Puls ist gleichmäßig und überraschend kräftig. ›Krebs‹, denkt sie. ›Mein Gott, ob er es wirklich nicht ahnt?‹ Auch die Gelbfärbung der Augäpfel zeigt, daß die Krankheit bereits auf die Leber übergreift. Wie lange wird er es noch machen? Wie lange wird dieser Motor noch arbeiten?

»Sie schimpfen ja gar nicht mehr.«

»Ich schimpf' doch nie«, sagt sie. Etwas hat sie in den letzten Tagen gelernt: Ihrem Lächeln ist kein Patient gewachsen. Es wirkt ansteckend. Es befreit. Es ist ihre Geheimwaffe.

Und tatsächlich beginnt er zu grinsen. »Ich mag das, wenn Sie mich so anschauen. Und Sie sind verdammt viel hübscher als meine Mathilde. Sie sind wirklich nett...«

»Sie auch«, sagt sie nur.

Er blickt sie schuldbewußt an.

»Schöner Saustall hier. Aber wissen Sie, ich muß ja hier auch arbeiten, und wenn man nicht aufpaßt... So ein Betrieb ohne Chef, da geht alles drunter und drüber.«

»Ich räum' das gleich auf.«

»Brauchen Sie nicht. Wissen Sie was? Dort drüben... sehen Sie den blauen Hefter? Geben Sie den mal her.«

Sie reicht ihm den Hefter. Und während sie den Stand der Infusion kontrolliert, aus einer neutralen, aufschriftslosen Schachtel die Zytostatika dazugibt, welche die Ausbreitung der Metastasen eindämmen sollen, blättert er mit einem seligen Lächeln in einem Katalog herum. Sie blickt über seine Schultern.

»Gefällt Ihnen das? Schauen Sie mal: ein Superschnitt! Das kommt im nächsten Jahr raus. – Tanga... Und der BH ist doch süß, nicht wahr? Und hier – ein ganzes Strand-Complet.«

»Das Mädchen ist wirklich süß«, sagt sie.

»Eine Eurasierin. Wir lassen die Modelle in unserer Fabrik in Taiwan produzieren. Wirklich zauberhafte Frauen gibt es dort.«

Sie betrachtet das Foto; das Mädchen hat ein breites Gesicht mit großen, schrägstehenden Augen und einen glatten, schlanken, braunen Körper. ›Handbestickt, nach alten chinesischen Vorlagen‹, liest sie. ›Zu dem wehenden Kimono gehört die passende Hose. Auch als Abendanzug ist dieses exklusive Stück des Schwertmeister-Angebots jedem festlichen Ereignis angemessen!‹

»Welche Größe haben sie denn, Anna?«

»Sechsunddreißig«, sagt sie und blickt auf die runden, kahlen Stellen an seinem Hinterkopf. Büschelweise lassen die Krebshemmer die Haare absterben.

»Wenn Ihnen das gefällt, können Sie's morgen schon haben. Blau? Blau würde Ihnen gut stehen. Ich schenk's Ihnen, weil Sie so gut schimpfen können. Und – weil sie so hübsch sind.« Sein Lächeln wird verschmitzt. »Was glauben Sie denn, was mich aufrecht hält? Und was mich auch aus diesem Krankenhaus wieder rausbringt? Der Gedanke an das Schöne in dieser Welt. Der Gedanke an die Frauen. An meine Frau. Kennen Sie sie?«

Sie schüttelt den Kopf.

»Gisela hat auch mal meine Badeanzüge vorgeführt. Damals nannte sie sich noch Giselle. Sie war mein schönstes Modell für Badeanzüge. Die ersten Schwertmeister-Kataloge sind voll von ihr. Sie ist ein perfektes Geschöpf, eine perfekte Frau, ein perfekter Mensch – wenn's so was gibt.«

Sie spürt, wie sich ihr Hals zuschnürt. *Eine Pflegerin darf solche Dinge nicht persönlich nehmen,* so lautete doch die Formel. Nur was hilft das schon?

Sie beeilt sich mit der Arbeit, und sie glaubt, es bereits geschafft zu haben, ist schon an der Tür, hat schon ihr freundliches, leichtes ›Na, dann gute Nacht und schlafen Sie gut‹ hinter sich, als Schwertmeister sie nochmals anspricht. Und diesmal spricht er mit veränderter Stimme – leise, bittend, beinahe demütig.

»Anna... Schwester Anna... bitte kommen Sie doch noch mal zu mir.«

Sie zögert.

»Nein, näher; nicht in den Sessel, setzen Sie sich zu mir. Ja – so. Hier, aufs Bett...«

Er hat sich halb aufgerichtet. Seine Hand faßt nach ihr, die Augen sind auf sie gerichtet – und lassen sie nicht mehr los. »Anna! Ich möchte Sie... ich möchte Sie was fragen.«

»Ja, Herr Schwertmeister?«

»Anna. Mit den Ärzten, da komme ich einfach nicht zurecht. Nicht mal mit meinem alten Freund Frei. Wenn ich Bescheid haben will, dann schütteln die nur den Kopf und erzählen mir irgendeine Geschichte von Magengeschwüren, von Enzymstörungen und so 'n Kram. Oder sie haben's mit meiner Bauchspeicheldrüse und dem Allgemeinzustand. – Aber das ist es doch nicht, Anna! Das ist es doch nicht...«

»Herr Schwertmeister, Sie sollten ruhig liegenbleiben. Das strengt doch nur an.«

»Ach was! Ruhig liegenbleiben! – Sehen sie mich doch mal an, Anna.«

»Das tu' ich doch.« Sie tut es wirklich. Sie weicht den Augen nicht aus, und es ist gerade jetzt nicht einfach, diesem unruhigen, erbitterten und doch so flehenden Blick zu begegnen. Sie kennt die nächste

Frage, die entscheidende Frage – und sie braucht alle Kraft, um ihr Lächeln zu behalten. *Sei lieb und nett, tu' so, als verstündest du nicht...* »Ich versteh' nicht ganz, Herr Schwertmeister?«

Er richtet sich auf. Und seine Bewegung ist jetzt überraschend kraftvoll und schnell. Die Stimme hat er unter Kontrolle. Ruhig klingt sie, beinahe bedächtig.

»Doch, Sie verstehen genau. Sie wissen es, Anna! Jeder weiß es. Nur ich nicht. Mich lügen sie an. – Alle! Aber ich will es wissen, ich muß einfach. Und Sie können es mir ruhig sagen...«

Er atmet schwer, zögert, er hat Schwierigkeiten, Angst; es kostet ihn nun doch Mühe, die Frage, die wie ein Alptraum auf ihm lastet, herauszubringen: »Anna«, flüstert er, »sagen Sie es mir. Ich habe die Heimlichtuerei satt. Ich schaff' das nicht mehr. – Ich hab' doch Krebs, nicht wahr? Das ist es doch, was sie alle vor mir verbergen wollen...«

Während einiger quälend langer Sekunden sitzen sie sich schweigend gegenüber. Nur das Knistern des Fernsehers ist zu hören. Die Kamera ist auf die Zuschauer gerichtet und zeigt einen Mann mit aufgerissenem Mund, dem sich ein unhörbarer Schrei entringt. Dann schwenkt sie zurück auf den giftgrünen Rasen und die Spieler...

»Jetzt sagen Sie's schon, Schwester. Bitte! – Ich bitte Sie... ich muß es wissen! Na komm' schon, Anna: Hab' ich Krebs?«

Diesmal braucht sie alle Kraft, um unter Schwertmeisters Blick nicht die Lider zu senken. Sie schafft es. Sie kann sogar lächeln, sie kann seine Hand ergreifen, so, als sei dies nichts als ein Gespräch über Kopfschmerzen.

»Herr Schwertmeister, Sie machen sich da viel zu viel Gedanken...«

»Jetzt fangen Sie auch schon so an wie die anderen. Seien sie doch ehrlich, Anna.« Der Druck der ausgezehrten Hand verstärkt sich. – ›Er hat ja recht‹, denkt sie. Wieso hat Frei es ihm eigentlich nicht gesagt? Er muß wohl seine Gründe dafür haben. Und Hofner, der Oberarzt? Wieso drücken die sich alle? Sie kennen ihn doch...

Alles in ihr drängt sie zu einer Antwort. Ihre Schultern werden schwer. Das Todesurteil, schrecklich muß es sein, es auszusprechen. Und sie, sie fühlt sich viel zu schwach, viel zu verwirrt dazu.

Sie zwingt sich zur Ruhe. »Hören Sie, Herr Schwertmeister... Was reden Sie denn da? Der Professor ist doch ein alter Freund von Ihnen, stimmt's?«

»Ja. Wieso?«

»Sie haben gemeinsam diese Klinik hier gebaut. Soviel haben Sie zusammen hier geleistet. Sie kennen sich. Sie schätzen sich gegenseitig. Ja, glauben sie denn, daß ein Mann wie Frei Sie belügen würde?«

»Glauben?« murmelt er. »Was heißt das schon? Ich fürchte es...«

Sie steht auf. Er blickt zu ihr empor. So gerne hätte sie ihm geholfen, hätte etwas gesagt... Doch was soll sie sagen?

»Wissen Sie, Schwester, es geht hier nicht allein um mich. Ich bin ein alter Mann. Ich habe mein Leben gelebt. Und irgendwann muß jeder mal adieu sagen. Aber es hängt doch soviel daran, daß ich weitermache. Der Betrieb. Die Menschen. Meine Familie. Meine Frau... Verstehen Sie?«

Sie nickt. »Ich verstehe, Herr Schwertmeister. O ja, ich verstehe sie so gut.«

Was soll sie auch sonst sagen?

Als die Zimmertür hinter ihr zufällt, verspürt sie eine große Erleichterung. Doch dann denkt sie an Didi, und die Nervosität ist wieder da. *Ich muß Bescheid wissen. Den Dienst stehe ich so nicht durch. Ich muß telefonieren.*

Das nächste Zimmer. – Verschlafene Gesichter. Ein Mann richtet sich auf und fragt: »Schwester, wo bleiben sie denn?« Sie befestigt eine Drainage, die sich gelöst hat, verteilt Tabletten, Kapseln, injiziert, lächelt, macht ihre Eintragungen, drückt eine Hand – ›gute Nacht‹ – und denkt: *Didi! Wenn nun etwas passiert ist?*

Sie hat jetzt die Krümmung des Korridors erreicht, wo sich eine kleine Raucherecke für die Besucher der Kranken befindet. Das Telefon steht auf einem Glastisch. Die Fenster reichen bis zum Boden. Unten sieht man einen Teil des Gartens der Wartberg-Klinik und den Parkplatz, auf den gerade zwei Autos einbiegen.

Diesmal zittert Annas Hand, als sie den Hörer nimmt. Ein weißer Mantel flattert heran. Es ist der Assistenzarzt Tommy Herberger. Und wie meist hat er beide Daumen in den Bund seiner Jeans gesteckt. »Schau' dir das an! Wie heißt denn der Glückliche?«

Das Freizeichen...

»Man könnte wirklich neidisch werden.«

Drei-, viermal das Freizeichen... Keine Antwort.

Herberger nimmt die Daumen aus dem Gürtel. Lang, schlank, mit dunklen Augen und weißen Zähnen – so steht er vor ihr, der Sonny-Boy aus dem Bilderbuch. Das grinsende Wohlwollen in seinen Augen weicht mildem Vorwurf. »Warum versuchen sie's nicht mal mit mir? Wie oft muß ich es den Mädchen denn noch sagen: Die zuverlässigen, seriösen Typen, die zu Hause auf den Anruf warten, sind ausgestorben!«

Sie legt den Hörer auf. Sie fühlt sich sehr schwach. Sie sieht ihn an. »Bitte, Dr. Herberger...«

»Ich heiße Tommy.« Das Grinsen verschwindet. Sein Blick wird aufmerksam. »Was ist denn? Ist was passiert?«

»Wie soll ich das wissen? Mein kleiner Junge ist allein zu Hause. Er geht nicht ans Telefon.«

»Na, da brauchen sie doch nicht solche Angst zu haben.«

Sie preßt die Hand gegen den Mund. »So? Und wie stell' ich das an?« Mit ihrer Beherrschung ist es vorbei. Sie fühlt, wie ihr die Tränen in die Augen steigen. Sie kann sich nicht dagegen wehren.

»Bitte, Dr. Herberger... Ich mach' mir solche Sorgen. Der Junge ist erst sieben. Er ist ganz allein zu Haus. Wenn ich ein Taxi nehme... bin ich in einer Viertelstunde wieder hier.«

Er sieht sie an. »Ich weiß schon. Sie wohnen im Haus von Professor Freis Schwester.«

»Woher wissen Sie das?«

Er grinst. »Achte auf alles, was im Dunstkreis deines Chefs geschieht. Erste Überlebensregel für karrierebewußte Assistenzärzte! Aber ein Taxi brauchen Sie nicht. Ich weiß was Besseres.« Er blickt kurz auf seine Armbanduhr. »Halb neun. – Ich schau' mal nach ihm. Sicher ist er so beschäftigt, daß er nichts hört.«

»Er heißt Didi.«

»Gut... Dann geben Sie mir doch bitte den Schlüssel.«

»Das wollen Sie für mich tun?«

»Das – und noch viel mehr!«

Drei Minuten später steht sie am Fenster und beobachtet, wie der alte Triumph-Sportwagen aus der Parkreihe ausschert; sie hört das Röhren des Motors und sieht, wie der Wagen in wilder Beschleunigung auf die Ausfahrt zuschießt und die roten Rücklichter um die Ecke des Klinikgebäudes verschwinden...

Arzt im Dienst steht auf der Windschutzscheibe von Herbergers Triumph. Das hat noch immer gereicht. Der junge Arzt rast mit Höchstgeschwindigkeit durch die Stadt. Und diesmal – diesmal hat er's bei Gott eilig.

Acht Uhr zwanzig. Ganz schön bescheuert im Grunde, was er da tat. Wahnsinn eigentlich... *Wenn der Alte dahinterkommt, daß du die Station allein läßt? Oder der Oberarzt? Doch was soll's?* Mehr als zwanzig Minuten braucht er nicht. Und Hofner ist sowieso nicht vor neun Uhr zu erwarten. Der hat seinen großen Tag: Die Konferenz bei der Deutschen Forschungsgemeinschaft über die neue Testreihe...

Die Ampel flammt von gelb auf rot. Tommys Fuß drückt den Gashebel durch. Heulend prescht der Triumph über die Kreuzung. Na also? Wer wagt, gewinnt! Jawohl, stimmt. Und das gilt auch für Anna. – Was für ein Mädchen! Gleich das erstemal, als er sie sah, hat's bei ihm gefunkt. Anna Mertens, die Ex-Freundin von Bernd Mahlmann – Freis Schützling. Kein Wunder. Von Frauen hat der *King* schon immer was verstanden...

Er stoppt, dreht den Zündschlüssel um, zieht stöhnend die langen Beine aus dem Sportwagen. Hier, das wär's: Philosophenweg. Die Lichter der Stadt funkeln zu ihm hinauf.

Tommy geht zu der Mauer, die das Grundstück umgibt, und rüttelt an der Pforte. Die ist geschlossen. Na und? Er zieht sich hoch, springt hinüber, blickt zum Haus. Licht schimmert durch die Büsche. Zwei Fenster sind erleuchtet. Sie liegen an der Vorderseite des kleinen, dunklen Baus mit dem hübschen, altertümlichen Walmdach.

Tommy lächelt, pfeift, nähert sich dem Fenster und blickt hinein: ein großer Raum. Steife Möbel. Im Hintergrund eine rosa Stehlampe und ein Bett. Auf dem Boden liegt Spielzeug... Niemand ist zu sehen.

Na gut, probieren wir's mal! Er probiert sämtliche BKS-Schlüssel aus, bis er den passenden gefunden hat, stößt die Türe auf und knipst das Korridorlicht an.

»Didi! Hallo?«

Die Stiege knackt. Alles ist still. »Didi!« ruft Dr. Tommy Herberger, als er das Zimmer betritt. Das

Bett ist leer. Comics liegen wild verstreut auf den Kissen herum. Er steigt in den ersten Stock hinauf, öffnet die Schränke. Dann durchsucht er die Küche, das Bad. – Niemand... Die Kellertür ist abgeschlossen.

Wieder sieht er auf die Uhr. Verdammter Mist! Fünf Minuten rennt er hier schon rum... Wenn Hofner früher kommt! Wenn irgendwas auf der Station los ist, was dann?

Vielleicht hat der Kleine sich im Garten versteckt? Er könnte durch das Fenster geklettert sein...

Tommy öffnet die Haustür. »Didi!«

Unten donnert ein Laster vorbei. Irgendwo schlägt ein Hund an. Wo ist Didi? Wo steckt er bloß? Tommy lauscht in die Dunkelheit hinein.

Nichts...

›Herman Riekel, achtundfünfzig‹, steht oben auf dem Diagramm. ›Lungenthrombose‹.

Der hintere Teil des Spezialbettes ist hochgestellt. Diese Position erleichtert dem Kranken das Atmen. Anna blickt in das blasse, eingefallene Gesicht. Dann prüft sie vorsichtig den Tubus. Aus dem Luftröhrenschnitt am Halsansatz führt der Plastikschlauch zum Beatmer. Sie kontrolliert das Gerät. Es arbeitet regelmäßig. Sechzehn Intervalle pro Minute. Auch die anderen Werte sind normal. Riekel liegt vollkommen ruhig da. Und da entdeckt sie auch die kleine Schreibtafel auf der Bettdecke. Sie hebt sie hoch. In wackeligen, unbeholfenen Buchstaben steht darauf: ›Leckt mich alle am Arsch, und laßt mich endlich schlafen.‹

Sie nickt. Sie versucht sich vorzustellen, wie er ist: Unbeweglich auf dem Rücken zu liegen, wie festgeschnallt, mit Drähten und Schläuchen an Geräte angeschlossen, ohne die Möglichkeit zu sprechen, eingehüllt in künstliches Licht, beatmet von einer Maschine. Unmenschlich? Ja! – Doch es sind die Maschinen, die ihm das Leben gerettet haben.

Vorsichtig schließt sie die Tür. Nun kommt Zimmer zehn an die Reihe. Der kleine Italiener Giovanni Minoletti liegt hier. Bierausfahrer. Unfall. Trümmerbruch. Muskelquetschungen. Heimatort Bari... Frei hatte ihm das Bein am Knie abnehmen müssen, und seither hängt Giovanni in seinem Gerüst, flüstert immer nur die drei Worte: »La mia gamba, ach, mein Bein«, während die Tränen aus seinen dunklen Augen quellen und über das bartstoppelige Gesicht rinnen...

Anna fühlt sich schwach; sie ist schwach und voller Unruhe. Und der Minutenzeiger läuft immer weiter: acht Uhr vierzig. – Herberger müßte doch längst zurück sein!

Auf dem Weg zum Arzneischrank in der Zentrale kommt ihr Monika entgegen. Auch sie balanciert ein Tablett mit Schachteln, Spritzen, Ampullen... Das junge, runde Teenager-Gesicht der Lernschwester lacht. Blonde Strähnen schieben sich aus dem Häubchen.

»Na, wie sieht's denn aus, Monika?«

»Alles bestens, Schwester Anna. Nachher trinken wir Tee zusammen, ja?«

Anna nickt. *Hoffentlich,* denkt sie. *Und hoffentlich, lieber Gott, ist Herberger bald wieder da.*

»Wo steckt denn der Herberger?«

In der neondurchfluteten, mit Geräten, Kabeln, Lämpchen und Anzeigen vollgepfropften Zentrale hat Iris Walden Dienst. Sie scheint dasselbe Problem zu haben. Sie wirbelt auf ihrem Rollstuhl herum und starrt fragend zu Anna empor.

»Wo ist Tommy, Schwester? Da war ein Anruf für ihn.«

Anna antwortet nicht gleich. Bis jetzt war's nur die Angst um Didi. Nun kommt noch eine andere Angst hinzu. Wenn jetzt was passiert? Was dann? Und wenn sie dann draufkommen, daß Herberger die Station im Stich gelassen hat? Und warum er das getan hat.

»Keine Ahnung«, lügt sie. »Er müsse mal weg, hat er gesagt. Er komme gleich wieder.«

Iris sieht sie nur an. In den geschminkten, dunkel umrandeten Augen bleibt die Frage stehen. Dabei streicht sie sich mit einem Finger über den breiten, wohlgeformten und sinnlichen Mund. Für Männer dürfte alles an Iris aufregend sein: das tiefrote, kurzgeschnittene, wie ein Helm schimmernde Haar, ihr Körper... Den weißen MTA-Mantel aus Nylon hat sie auf Taille geschnitten, der Saum ist hoch, damit niemand die langen Beine übersieht. – Das kommt auch selten vor. Kaum ein Mann, ob Besucher, Arzt oder Assistent, der nicht den Kopf nach ihr dreht.

Bisher hat Anna Iris' Auftritte mehr amüsiert zur Kenntnis genommen. In einer Umgebung, in der Maschinen gegen die Krankheit kämpften, in dieser kalten, seelenlosen, sterilen Welt war der Anblick von *Sexy-Iris* eine Wohltat. – Aber jetzt sagt sie scharf: »Kommen Sie, Anna. Kommen sie schon! Er hat's Ihnen doch gesagt!«

»Nein. – Woher soll ich denn wissen, wo er gerade ist. Was soll denn die Frage, Iris?«

»Was das soll?« Wieder dieser grüne, mißtrauische Blick. In Anna steigt eine Ahnung auf. Sie denkt an Herbergers Ruf als Frauenheld.

»Ich kenne ihn ja kaum«, sagt sie und ärgert sich. Der Satz hat wie eine Entschuldigung geklungen.

»So?« Die gemalten Brauen rutschen in die Stirne. »Und Sie sind wohl auch gar nicht neugierig auf ihn, wie? Was halten sie denn von ihm?«

»Ich find' ihn nett.«

»Nett? Na sicher. – Was heißt das schon? Nett! Ich kann Ihnen sagen, was er ist. Falls Sie neugierig darauf sein sollten...«

Anna wendet sich ab. Sie zieht eines der Laufregale aus dem großen Arzneischrank, als Iris hinter sie tritt. Anna sieht sich um. Das ist nicht mehr die *Sexy-Iris* mit dem fröhlich-hungrigen, zu allem bereiten Mund. Das flächige Gesicht ist weiß vor Zorn. Die schräg geschminkten Augen sind zusammengedrückt und funkeln böse. »Machen Sie mir doch nichts vor! Glauben Sie, ich hätt' keine Augen im Kopf? Ich seh' doch, was da läuft. Aber wenn Sie meinen, der macht sie glücklich...«

Iris spricht so schnell und mit solcher Vehemenz, daß es Anna die Sprache verschlägt. Doch nur für einen Augenblick. Dann ist sie ganz ruhig. In jedem Krankenhaus ist es dasselbe. Warum also nicht auch hier? Unter den Ärzten herrscht der Kampf um Ansehen, Karriere, Einkommen, Macht –, zwischen den Schwestern herrschen Neid, Eifersucht und der Kampf um Männer, Liebe, Zuneigung.

Sie schüttelt nur den Kopf, nimmt ihr Tablett und will den Raum verlassen. Doch in diesem Augenblick flammt in der Zentrale ein rotes Licht auf. Und da kommt auch schon der Alarm: ein ekelhaftes, eintöniges, rhythmisch unterbrochenes Summen.

Iris wirbelt herum. Sechs Räume stehen durch Glasfenster mit der Zentrale in Sichtverbindung. Das rote Licht flammt über der Sechs.

»Das ist Riekel!«

»Ich war doch gerade bei ihm. Der hat ganz ruhig geschlafen...«

Dies ist nicht die Zeit zu diskutieren. Ein einziger Blick auf die Anzeige reicht, um zu wissen, wo die Bedrohung liegt: Beatmer-Ausfall. Rapider Druckanstieg. Herzinsuffizenz...

Sie rennt hinaus, reißt die Tür mit der Sechs auf, erstarrt, versucht mit aller Kraft, gegen die Welle von Panik anzukämpfen, die sie zu überschwemmen droht. *Herrgott! Kein Arzt da! Tommy noch immer nicht zurück. Deine Schuld!* denkt sie verzweifelt. *Ganz allein deine Schuld!*

Mit dem rechten Schuh bleibt Tommy Herberger in der weichen Gartenerde eines Tulpenbeetes stecken. Um ihn herum stehen Sträucher. – Wieder kommt ihm zu Bewußtsein, wie absurd dies alles ist: Die Station ohne Arzt! Und er, er kriecht über ein fremdes Grundstück, um einen kleinen Jungen zu suchen.

Verdammt, wo steckt der Junge?

Er zerrt an seinem Kragen. Am besten, gleich zurück ins Auto und ab. Doch die Haustür hat er offengelassen. Er muß sie abschließen. Der Junge ist weg! Vielleicht sollte Anna die Polizei alarmieren.

Gerade, als er all dies überlegt, hört er vom Haus her ein Geräusch. Tommy fährt herum. Ja – die Tür steht offen, und in dem hohen, erleuchteten Rechteck erkennt er eine Gestalt, schwarz und winzig, wie ein Scherenschnitt.

Himmelarsch! – Tommy beginnt zu rennen.

»Nein! – nein, nein, nein... Bitte nicht!« Hoch, hilflos, zitternd vor Angst schrillt ihm die Kinderstimme entgegen. Er sieht, wie der Kleine weglaufen will. Doch er hat ihn bereits geschnappt. Er sieht die angstgeweiteten Augen. »Mami! Mammmii!«

Der Kleine hat wirklich nur einen Pyjama an.

»Mami! Mami!«

»Ich komm' doch von deiner Mami.« Tommy hat Mühe, gelassen zu klingen. Er atmet keuchend. »Mensch, Didi, haben wir uns Sorgen um dich gemacht.«

»Nein! Nein!« – Der Kleine will sich losreißen.

»Verdammt noch mal, hörst du jetzt zu! Ich bin extra vom Krankenhaus heruntergefahren.«

»Du bist ein Einbrecher!«

»Ach was! Ich bin kein Einbrecher. Ich bin hier, weil deine Mami sich Sorgen um dich macht. Sie hat versucht, dich anzurufen, und du hast nicht geantwortet.«

Er schüttelt den kleinen Körper. Zum ersten Mal richtet sich der Blick des Kindes auf ihn. Die Angst in den Augen weicht, die Schultern entspannen sich. »Ich ... ich ... Kleopatra wollte doch noch ihren Spaziergang machen.«

»Wer?«

»Kleopatra ... Die muß abends immer noch raus. Und dann ist mir die Haustür zugefallen ...« Didi schluchzt: »Ich konnte nicht mehr ins Haus. Ich hatte Angst ... so schreckliche Angst ... Kommst du wirklich von meiner Mami?«

»Na klar.«

»Überall gibt's Gespenster in den Bäumen. Richtige Gespenster ...«

»Ach komm.« Herberger überlegt fieberhaft. In dem Zustand kann er den Kleinen nicht hierlassen; ihn in den Schlaf singen, geht auch nicht. »Los! Jetzt bring' ich dich zu deiner Mami.« Im Wohnzimmer schnappt er sich die Kinderkleider vom Stuhl, hüllt Didi, der alles ergeben über sich ergehen läßt, in eine Decke und rennt mit ihm zum Wagen. »Jetzt wirst du mal ein schickes Auto erleben! Einen richtigen Sportwagen.«

»Ja«, sagt Didi. »Und bringst du mich wirklich zu meiner Mami?«

Sie kennt es aus dem OP. Sie hat diese Situation oft genug erlebt: die Blaufärbung der Haut, die das Ende der letzten Sauerstoffvorräte im Gewebe anzeigt, ein offener, um Atem ringender Mund. Und dieses Gesicht, vom Todeskampf verzerrt, ein Gesicht, das zu einer Fratze erstarrt ist und in nichts mehr an einen Menschen erinnert.

Nur eine einzige Sekunde benötigt Anna, um mit

dem Anprall der Panik fertig zu werden. Doch dann kommt ihr die Erfahrung zugute. Von nun an handelt sie rasch, präzise und beinahe mechanisch. Es ist, als stehe ein anderer Mensch am Bett: die OP-Schwester. Ihr Gehirn denkt schnell, automatisch, wie von selbst...

Er hat sich den Beatmer-Tubus aus der Luftröhre gerissen! Warum bloß? – Ein Anfall vielleicht? Egal! – Er reagiert bereits spastisch. Die ganze Muskulatur ist verkrampft.

Mit einem Griff stellt Anna die Maschine ab. Zischend entweicht der Sauerstoff... Sie könnte die Maske holen und versuchen, die Öffnung des Halsröhrenschnitts so lange zuzuhalten, bis jemand zu Hilfe kommt? – Nein, das bringt ja doch nichts. Dazu ist es zu spät. *Herberger? Vergiß' ihn. – Nun mußt du allein handeln. Und zwar sofort.*

Sie nimmt das freihängende Plastikrohr und versucht, es einzuführen. Der Versuch mißlingt, die Wundränder sind zugeschwollen. *Vielleicht sollte ich einen kleineren Tubus nehmen. Vielleicht...*

»Iris!« – *Da ist sie bereits.* »Iris! Los! Bring das Notbesteck.« In den Augen von Iris Walden mischen sich Staunen, Angst und Neugier. Doch sie reagiert wortlos, holt den Koffer, nimmt die Einsätze heraus. Annas Blick schweift über die Instrumente. Wieviel Zeit ist vergangen? Vierzig, fünfzig Sekunden? Nicht mehr... *Lieber Gott, hilf!*

Sie versucht, die Öffnung des Schnitts zu erweitern. Lymphflüssigkeit tritt aus dem Gewebe, färbt sich rot. Wieder zu eng.

»Iris! Ich brauch einen kleineren Tubus!« Doch ehe

Iris die Anordnung ausführen kann, hat sich Anna schon entschlossen. Ein Schnitt ist das Beste, das einzige! Sie nimmt das lanzenförmige, kleine Messer, setzt es an. Es gleitet wie durch Butter in das Gewebe, Blut sickert hervor... Na, und wenn schon. Wieder setzt sie den Tubus an, drückt, und beobachtet mit einem Gefühl grenzenloser Erleichterung, wie das Rohr in den Hals, in die Luftröhre des Patienten eindringt.

»Los! Reinen Sauerstoff! – Jetzt, Iris!«

Die Maschine preßt Sauerstoff in die Lungen, das vertraute Schnorcheln des Beatmers setzt ein. Anna drückt den Brustkorb des Patienten nach unten, läßt los, fühlt unter ihren Händen, wie die Lungen sich mit Luft füllen, atmet selbst tief aus, weint fast vor Freude und spürt, wie ihre Beine zittern...

»Er kommt!« ruft Iris. »Sieh mal, er kommt!«

Ja, es stimmt: Die schreckliche Blaufärbung der Haut verschwindet, und in die Blässe stiehlt sich ein erstes, zartes Rot.

Anna richtet sich auf. Sie ist zu schwach, um auch nur zu lächeln. Sie fühlt nach dem Puls, spürt, wie das Pochen des Herzens stärker wird und sich stabilisiert. Sie schüttelt glücklich und dankbar den Kopf. Dann beginnt sie, mit einer antiseptischen Flüssigkeit den Hals von den Blutperlen zu reinigen, und sie richtet sich auch nicht auf, als sie hinter sich Herbergers Stimme vernimmt.

»Was ist denn los?«

»Der Tubus war raus.«

»Was? Mach doch keine Witze! – So ein verdammter Scheiß!«

»Ja«, sagt sie. Dann ist sie fertig. Sie wirft die Watte in eine Schale und dreht sich um. »Ja, aber es ist noch mal gut gegangen.«

Er sieht sie nur an; er hat einen kreisrunden Fleck auf der Stirn. Seine Augen sind schmal. »Mensch, Schwester... Mensch, Anna... Da sind wir ja noch mal davongekommen, was?«

Sie nickt. Er hebt die Hand und legt sie leicht auf ihre Schulter. Dann versucht er zu grinsen. Es mißlingt ihm. Dann geht er zum Bett des Patienten hinüber und fühlt den Puls. »Haben Sie ihm schon ein Kreislaufmittel gegeben?«

»Das wollte ich gerade.«

»Ich mach' das schon. Gehen Sie mal rüber, draußen, im Empfang, da wartet jemand auf Sie.«

»Didi?« fragt sie flüsternd.

Er nickt nur. »Ja, ich hab' ihn gleich mitgebracht.«

Sie rennt den Korridor entlang, sieht den rosa Schlafanzug, das blonde Wuschelhaar und weiß nicht, ob sie vor Freude weinen oder lachen soll...

Da kauert er in einem der ledernen Besuchersessel mit weit geöffneten Augen. Seine Füße hat er mit den Händen umfaßt.

»Oh, Didi«, flüstert Anna. Die Spannung der letzten Minuten weicht einer so grenzenlosen Erleichterung, daß sie heulen könnte.

Sie kniet nieder, nimmt Didi in die Arme und drückt seinen Kopf gegen ihre Schulter. Er schüttelt sich. Und dann hört sie, wie er schluchzend sagt: »Das mach nicht mehr, Mami! Das tust du nicht mehr...«

»Was denn?«

»Mich allein lassen... Ich hatte solche Angst.«

»Du hast ja recht«, sagt sie besänftigend. »Aber weißt du...«

»Ich weiß gar nichts... Ich will nur nicht allein zu Hause sein. Sonst holen sie mich noch.«

»Wer holt dich?«

»Die Männer von der Wega, Mami... Die, mit den grünen Köpfen.«

Gerührt zieht sie ihn an sich. *Und schuld daran sind weder seine idiotischen Comic-Strips, noch das Fernsehen – nein, ich bin schuld! Ich hätte wissen müssen, daß Didi zu viel Fantasie hat, daß er zu klein ist, um nachts allein zu bleiben.*

Zu einem Knäuel zusammengepreßt liegen Didis Kleider auf dem nächsten Sessel. Tommy Herberger muß das alles in der Eile zusammengekramt haben. »Komm, Didi!«

Gehorsam läßt er sich den Schlafanzug ausziehen. Winzig und nackt schimmert der kleine Körper. Sie will ihm gerade das Hemd überstreifen, als Iris Berben hinter ihr sagt: »Was ist denn hier los? Haben wir jetzt Kinderstunde? Mensch, Anna! Was ist denn mit Riekel?«

Anna blickt auf. »Dr. Herberger ist bei ihm.«

»Ach? Tatsächlich? Der Herr Dr. Herberger. – Hat wohl den Jungen geholt, nicht? Das ist doch Ihr Junge, oder? – Wie heißt er denn eigentlich?«

»Didi.«

»So, Didi...« Iris' Gesicht verzieht sich zu einem Lächeln. Aber die Augen haben nicht daran teil. Sie mustert die Kleider. Sie braucht kein Wort zu sagen; Anna weiß auch so, was in ihr vorgeht.

»Die ist aber komisch«, murmelt Didi und sieht ihr hinterher. »Warum soll ich mich denn überhaupt anziehen? Kann ich nicht hier schlafen, Mami? Ich muß doch nicht wieder weg? – Ich geh' nicht, hörst du, Mami! Ich geh' nicht!«

»Natürlich nicht.« – Besser, sie beruhigt ihn erst mal. Was jetzt? Was ist, wenn der Oberarzt Didi entdeckt? Iris wäre in der Lage, es ihm zu verraten. Warum haßt Iris sie? Was hat sie ihr denn getan? – Aber da kommt Gott sei Dank Monika.

»Mensch, ist der süß...« Monika erwartet keine Antwort. Sie erkennt die Situation und wird gleich praktisch. »Weißt du was? Ich bring' dich jetzt mal rüber ins Schwesternzimmer. Dann mach' ich dir 'nen schönen Kakao. Ich hab' auch Kuchen. Oder Pudding vielleicht? Ist dir Pudding lieber?«

Anna hätte sie abküssen können. Und Didi strahlt. Zutraulich nimmt er Monikas Hand und läßt sich ins Schwesternzimmer führen...

Tommy Herberger steht mit den Händen in den Manteltaschen in Zimmer neun und blickt auf den Patienten herab. Riekel hat die Augen geschlossen. Als Anna eintritt, legt Herberger einen Finger an den Mund und flüstert: »Er schläft. Ich hab' ihm noch Meprobamat gegeben. Das Herz spielt mit. Die Lungen arbeiten prima.«

Dann zieht er Anna hinaus auf den Korridor. »Wie konnte denn so was passieren, Menschenskind?«

»Das weiß ich ja auch nicht. Er muß sich den Tubus selbst rausgerissen haben.«

»Ja gut! Und du hast ihn dann wieder fixiert? Wie? Mit 'nem Schnitt, oder?«

Sie nickt.

»Mannomann, Schwester Anna!« Er sieht sie an. Bewunderung steht jetzt in seinen braunen Augen, Bewunderung, Staunen – und etwas wie Dankbarkeit.

»Da haben wir vielleicht Schwein gehabt, was?« Er nimmt ihren Mantelaufschlag, zupft daran herum, doch seine Gedanken sind woanders. »Meinst du, daß er nicht mehr wollte? Vielleicht leidet er unter Depressionen?«

Anna zögert. Das ›Du‹ erscheint ihr beinahe selbstverständlich. Es ist das ›Du‹ des OP-Teams, die Vertraulichkeit der gemeinsam bestandenen Gefahr. Tommy aber ist in erster Linie Chirurg. Ein hochbegabter sogar, wie behauptet wird.

Plötzlich denkt sie an den Satz, der auf Riekels Schreibtäfelchen stand: ›Leckt mich alle am Arsch und laßt mich schlafen.‹ Sie hatte das nicht ernst genommen. Riekel war Kneipenwirt. Ein solcher Spruch paßte zu ihm. Sie hatte immer geglaubt, von allen Patienten habe er am meisten Optimismus und Lebensmut.

»Weiß nicht«, zögert sie. »Ich kann es mir eigentlich nicht vorstellen.«

»Aber Riekel ist doch unter TV-Kontrolle. Die Iris hätte das doch mitkriegen müssen.«

»Iris kann doch nicht pausenlos gleichzeitig auf alle Instrumente und Schirme gucken, das wissen Sie doch. Vielleicht hat die Kamera ihn gestört, und er hat verlangt, daß abgeschaltet wird.«

»Vielleicht. Aber ich kenn' Iris. Die schlampt ständig. Ich werd' sie mir mal vorknöpfen.«

»Würde ich nicht tun...«

Er sieht sie nur an.

Iris ist aufgefallen, daß Sie fort waren... Und außerdem: daß sie am wenigsten die Schuld trifft, wissen wir doch beide. Wenn man schon von Schuld reden will, dann... dann bin ich's. Ich hab' Sie doch schließlich gebeten...«

Er beugt sich ein wenig vor wie ein Boxer, der einen Schlag verdauen muß. Doch dann beginnen die braunen Augen wieder zu lächeln. »Gut! Okay! Wir haben Mist gebaut. Wir beide! Einigen wir uns darauf. Und vergessen wir's, ja?«

Sie nickt.

»Und die Iris? Nun... die wird schon dicht halten. Dafür sorg' ich. Auf meine Weise, wissen Sie.«

»Ich weiß.«

Er hat sich bereits abgewandt. Nun kommt er doch noch mal zurück. Mit dem Zeigefinger hebt er Annas Kinn leicht an. »Warum betonen Sie das so ausdrücklich? – Na ja, ich weiß schon, was man über mich erzählt. Wieso auch nicht? Das Leben ist kurz, die Nächte sind lang. Besonders auf dieser Station. Und Iris? – Von dieser Krankheit wäre ich schnell kuriert. Ich kenn' auch schon die Therapie.«

Sie fühlt, wie sie rot wird und blickt ihm nach, als er den Gang hinabeilt... *Cool bleiben! Darauf kommt's an,* so lautet Tommy Herbergers wichtigster Grundsatz.

Als ob das so einfach wäre!

Aber im Grunde genommen ist er doch ein netter Kerl, denkt sie.

Didi schläft auf der Couch im Schwesternzimmer. Die Abend-Visite erlebt Anna wie ein unbeteiligter Zuschauer. Ein sonderbares Gefühl: In der Gruppe der Ärzte und Schwestern mitzugehen und gleichzeitig sich und die anderen zu beobachten. Sie sieht das verschlossene, ernste Gesicht des Oberarztes, hört seine knappen, beinahe gestotterten Sätze: »Ja... Herr Herberger... ahm... haben wir denn die MV-Werte verfolgt? Sie wissen... ahm...«

»Die kann ich Ihnen vorlegen.«

»Wir brauchen eine Hintergrund-Spiegelung, bevor wir weitergehen.«

»Selbstverständlich, Herr Oberarzt. Wird gemacht, Herr Oberarzt.«

Und Tommy nickt. Hofner steht vornübergebeugt, seine Brauen rutschen ständig in die Stirn, bilden zwei Bögen. Ob er damit eine Frage oder eine Drohung ausdrücken will, weiß man bei Dr. Hofner nie so genau. *Der Professor hält riesig viel von ihm. Im OP ist er ein As. Aber sonst? Der ist wie 'n Stück Holz,* sagt die Evers über ihn. Auf Anna wirkt der *Vize* mit den derben Schuhen, den billigen Anzügen und dem breiten, grobflächigen Gesicht wie ein Bauer oder ein hereingeschneiter Provinzler. Jedenfalls nicht wie ein Chirurg. – Nur eines ist Anna längst klar: Hofners Augen entgeht nichts.

Routinemäßig geht das Team durch alle Zimmer. Bei Schwertmeister knappe Verbeugung, höfliches Gemurmel. Dem Italiener legt Hofner heute sogar die Hand auf die Schulter. Riekel liegt ruhig in seinem Bett. »Ziemlich viel Sedative, was?«

»Ja. Er war etwas unruhig heute, Herr Oberarzt.«

Der Assistent sagt das freundlich und beiläufig. Anna hält den Atem an. Sie fühlt wieder dieses Prikkeln in den Kniekehlen. *Er muß doch was merken. Der Hofner läßt sich doch nicht verschaukeln!*

Doch da spricht Tommy Herberger bereits weiter. »Er hat sich heute sogar den Tubus entfernt... Gott sei Dank war er unter Beobachtung, und so gelang es, den Tubus gleich wieder zu fixieren...«

»Ach? Seht Ihr... Immer aufpassen! Das sind so die Krisen, an die keiner denkt.«

Der Oberarzt mustert die Werte auf den Tabellen. Er scheint zufrieden. Tommy zwinkert Anna aus den Augenwinkeln zu. *Na siehst du! Noch mal davongekommen...*

»Gut, weiter!« Vor der Tür mit der Zahl sechsundzwanzig leistet sich der Oberarzt sogar einen kleinen Witz. »Na... ahm... unser Bonbon zuletzt. Oder wollen wir heute darauf verzichten?« Dabei ist doch ganz klar, daß er nicht vorbeigehen wird. Fee Fernau ist Patientin des Professors. Sie hat Anspruch auf Sonder-Service. Die große Talggeschwulst, die den Rücken der Schauspielerin verunstaltet, wird Frei gleich nach seiner Rückkehr aus dem Urlaub entfernen. An sich eine harmlose Geschichte, doch die Geschwulst hat sich ziemlich tief und gefährlich nahe der Wirbelsäule eingenistet.

Monika öffnet die Tür. Und Anna geht es wie den anderen: Vor Überraschung bringt sie keinen Ton heraus. Zunächst müssen sie alle mit diesem Anblick fertigwerden: Die Mitte des Zimmers ist von weißen Blüten übersät. Körbeweise hatten tagsüber Fleurop-

Boten Lilien gebracht. Weiße Lilien, wohin man sieht. Fee hat die Vasen mit den langstieligen Blumen in einem Kreis auf dem Boden gruppiert.

In der Mitte des Kreises aber kauert sie selbst, sitzt einfach nur in einem blauen, sehr kurzen Kimono da. Ihre übereinandergeschlagenen Beine sind leuchtend weiß. Auf dem Schoß hat sie eine riesige Flasche Cognac, die sie wie ein Baby an sich preßt. Sie starrt ihnen mit weit aufgerissenen Augen entgegen, den berühmten Fee-Fernau-Augen, die unnatürlich leuchten.

Der erste, der seine Fassung wiedererlangt, ist Tommy Herberger.

»O Verzeihung! Wir haben wohl gestört? – Hübsch, sehr hübsch, wirklich ... Alice im Wunderland! Bloß, die Flasche paßt nicht so ganz ins Arrangement.«

Er zeigt das väterliche, milde, verstehende Lächeln des Arztes, der mit jeder Situation fertig wird. Doch er erzielt damit keine Wirkung.

Fee Fernau sieht ihn nur an. Sie spricht kein Wort.

Anna fühlt ein Frösteln.

Sie blickt in dieses Gesicht. Heute morgen noch war es ihr entstellt, teigig, deformiert erschienen. Doch nun ist es wieder das Gesicht der Fee Fernau, das sie aus den Filmen kennt ... Fee Fernau, das Wunderkind der sechziger Jahre mit den unschuldigen, großen Kinderaugen, den Trotzgrübchen, der Schwarm aller Mütter. – Damit ist es seit Jahren vorbei. Als Anna ihr beim Kofferauspacken geholfen hatte, war ein Stapel von Fotos zum Vorschein gekommen. Es waren Bühnenaufnahmen: Fee Fernau mit Hans-Joachim Kulenkampff. Fee Fernau mit René Deltgen, Fee Fernau mit anderen Prominenten, die Anna nicht kannte. Sie sei noch immer sehr gefragt, hatte Fee Anna erzählt. »Aber wissen Sie, der deutsche Film, der ist doch so was von kaputt. Und Fernsehen, ne, ne... Da spiel' ich noch lieber Theater.«

Sie hatte das so hilflos gesagt, daß Anna verlegen wurde. Jeder wußte doch: Die Fernau ist passé.

Aber jetzt? Was war denn jetzt mit ihr los?

»Ich würde mich nun doch wirklich ins Bett begeben, liebe, gnädige Frau.«

Tommy spricht nachsichtig und freundlich wie zu einem störrischen Kind. Fee Fernau schüttelt ihren Kopf mit dem kastanienbraunen Haar.

»Arschloch!«

»Das ist aber nicht sehr nett.«

Die Fernau läßt ein leises, böses Knurren hören. Hofner räuspert sich. Er kann die Situation nicht ganz dem Assistenten überlassen. Er muß etwas sagen. »Frau Fernau«, sagt er, »bitte... ahm... ich finde, das reicht... Bitte, gehen Sie jetzt ins Bett. Und Cognac? Ich habe nichts gegen ein Gläschen Wein. Aber Alkohol in einer solchen Dosis...«

Es mag der Vorwurf sein. Doch vielleicht ist es auch nur das Wort *Alkohol,* das die Veränderung bewirkt. Die Fernau ist wie elektrisiert. Der Hals spannt sich, der Kopf fliegt in den Nacken, die Augen werden schmal. Und dann sagt sie nur ein einziges Wort. »Raus!«

Sie sehen sich an. Hofners Adamsapfel bewegt

sich. Doch der Oberarzt bleibt stumm. »Wie war das?« räuspert sich Tommy Herberger. »Wie bitte? Aber hören Sie mal...«

»Ich höre aber nicht!« verkündet Fee Fernau. »Und schon gar nicht auf Arschlöcher! – Ja, gucken sie mich nur an. Ich kenn' euch doch. Ich hab' euch längst durchschaut... Was sag' ich *Arschlöcher* – Lumpen seid ihr! Aber ich werd' schon mit euch fertig. Mit mir könnt ihr das nicht machen. Mich haut ihr nicht in die Pfanne. Ihr schon gar nicht!«

Für Dr. Hofner wird es sichtlich zuviel. »Frau Fernau! Ich muß schon bitten...«

»Bitten?« Ein Kichern, ein leiser, erstickter, kranker Laut. Fee Fernau stemmt sich hoch. Und dann kichert sie nicht mehr, sie lacht. »Jetzt bekommt ihr Angst, was? Gebt's doch zu. Angst habt ihr! Angst vor euren eigenen miesen Intrigen. Das ist es doch? Ich habe euch durchschaut.«

»Was haben Sie durchschaut?«

»...durchschaut, jawohl! Ihr wollt Ärzte sein und gebt euch her, mich hier einzusperren. Was bezahlen sie euch dafür? Na, sagt's doch! Wieviel kriegt ihr denn dafür? Diese Schweine lassen doch was dafür springen, damit sie den Vertrag nicht einhalten müssen. Da lohnt es sich...«

»Also wirklich, jetzt reicht's!« Tommy will nach der Flasche greifen, doch Fee Fernau ist schneller. Sie schnellt vor und knallt ihm den Hals der Flasche so hart in den Magen, daß er aufstöhnt.

Noch ehe er reagieren kann, ist Anna bei der Patientin.

»Fee... nun laß das doch...«

Fees Gesicht ist weiß und verzerrt und tränenüberströmmt. Anna nimmt sie behutsam in die Arme und spürt, wie die Frau ruhiger wird. Sie streichelt das Haar, den Kopf. »Aber Fee, nun hör doch... Das ist nicht wahr, was du sagst. Fee, wir mögen dich doch. Hör mal, hier mag dich doch wirklich jeder...«

Sie weiß nicht, was sie sagt. Und schon gar nicht weiß sie, ob es die richtigen Worte sind. Sie spricht aus, was ihr gerade einfällt. Leise spricht sie, beruhigend, wie zu einem Kind. Und so lange, bis sie spürt, wie der Widerstand nachläßt.

Der blaue Seidenkimono hat sich längst geöffnet. Ein aufgeschwemmter, noch immer kindlicher Körper wird sichtbar. Anna zieht den blauen Stoff zusammen. »Nun komm doch, Fee. Bitte... mir zuliebe...«

»Schick sie raus.«

»Die gehen doch schon, Fee.«

»Weißt du, sie sind so gemein. Alle sind sie so gemein zu mir...«

Der Rest ihrer Worte ist kaum noch zu verstehen. Die Fernau weint.

»Psychotischer Schub.« Dr. Hofner zerrt an seiner Krawatte, als sie wieder auf dem Korridor stehen. Hilflos starrt er Tommy an. »Jedenfalls, der Cognac allein ist es nicht. Ich habe sie schon immer für schizoid gehalten. Geben Sie mir mal das Krankenblatt her.«

»Aber wieso denn, Herr Doktor? Das brauchen Sie nun wirklich nicht. Der Fall stand in allen Zeitungen. Und das übrigens seit Jahren. Sie lesen zu wenig die Klatschspalten.«

Hofner runzelt die Stirne.

»Verzeihung, Herr Oberarzt, aber es ist wirklich so. Drei Entziehungskuren hat die schon hinter sich. Deshalb kriegt sie doch auch keine Rollen mehr. Kommt zu spät zu den Aufnahmen, schmeißt jedesmal das Handtuch, wenn sie unter Belastung gerät. Und säuft natürlich. Die Filmfritzen mögen das nicht sehr gerne. Jetzt hofft sie auf die neue große Aufgabe, das einzigartige Comeback. – Und dreht durch...«

Hofner hatte angeordnet, die Lilien auf den Balkon zu tragen. Anna sucht die schönsten heraus, und stellt sie in einer schmalen Vase auf den Nachttisch. Nach der Spritze ist Fee Fernau sofort eingeschlafen. Und da liegt sie nun, die Hände ruhig auf der Decke, das Gesicht seitlich in den Kissen. Sie wirkt so friedlich, so schön. Und sehr ruhig.

Anna sitzt im Schwesternzimmer neben dem schlafenden Didi und lauscht ins Dunkel. Manchmal hört sie Herbergers Stimme. Er treibt sich noch immer herum. Dabei ist es gleich Mitternacht.

Didis Faust ist warm, sein Atem leise und leicht. Der Mund steht ein wenig offen. Sie blickt in das runde, rosafarbene Gesicht, das sie so liebt. Ein kleiner Junge in dieser trostlosen, von Tod und Krankheit gezeichneten Umgebung. Sie denkt an Schwertmeister... Vorhin hatte sie seine Tür kurz aufgemacht. Da lag er, die Brille auf der Nase und starrte zur Decke. Danach war sie zu der alten Frau Waidle hinübergegangen. Bald würde ihr Bett leer sein, und sie würden den von Krebs zerfressenen Körper auf die Rollbahre legen, hinüber zum B-Aufzug schieben, und dann würde Emma Waidle irgendwo im Keller verschwinden. Anna mochte diese Frau, deren Gesicht wie ein Holzschnitt wirkte, von allen Patienten am liebsten. Nur ihre Augen lebten noch. Anna dachte, daß sie noch nie so schöne, so klare Augen gesehen habe. *Ach, Anna, ich hätte Sie so gerne vor ein oder zwei Jahren getroffen... Aber jetzt...*

Jetzt ist es zu spät. Und nur ein einziger Gedanke hält dieses Herz noch in Gang: Daß jemand kommt und sie besucht.

Sie denkt an das versammelte Leid um sie herum...

Sie beugt sich über Didi, nimmt ihn in den Arm, so, als könne sie ihn vor den dunklen Schattenschwingen bewahren, die sie fast körperlich spürt. Sie muß ihn halten, muß ihn fühlen. Sie möchte ihn nehmen und wegtragen und bei ihm bleiben – immer; ihn nicht mehr, nie mehr loslassen...

Ein Kind? – Wie willst du verantworten, ein Kind in diese Welt zu setzen! So hatte Bernd reagiert, als sie schwanger geworden war. Geschrien hatte er es, das Gesicht schmal vor Wut. *Ist doch purer Egoismus. Es wird in Zukunft nichts mehr geben, für das es sich zu leben lohnt. Und falls doch, dann machen sie es mit einem Atomkrieg kaputt! Kapierst du das denn nicht?*

Nein, hatte sie gesagt. *Ich kapiere nicht. Ich will es auch nicht kapieren.*

Sie sieht auf die Uhr. Die Zeiger scheinen wie festgeschraubt.

Sie fröstelt. Oder hatte er damals doch recht gehabt? Die Zweifel schmerzen. Oder ist sie zu schwach? Zu Hause, in Maifeld, da war alles eng, bedrückend und spießig gewesen. Sicher. – Doch Didi hatte dort wenigstens seine Schule, seine Freunde, die Oma. Für ihn war Maifeld eine heile Welt. Sie hatte sie ihm genommen. Alles erscheint ihr fragwürdig. Und wenn man sich das Leben der Menschen hier auf der Station ansieht: Schwertmeister, den nur noch der Glauben an seine Unentbehrlichkeit stützt, die alte Oma Waidle, die von ihrem Enkel in Kanada träumt und hofft, ihre Tochter noch einmal in ihrem Leben zu sehen. Sie alle haben geschuftet und auf ein besseres Leben gehofft, nur um schließlich an Schläuche und Maschinen angehängt auf den Tod zu warten. – Oder Fee Fernau, die verrückt wird, weil sie nicht mehr Fee Fernau sein darf...

Schizoid, hatte der Oberarzt gesagt...

Sind wir das nicht alle? Warum hat sich Riekel den Tubus herausgerissen? Ist er wirklich nur der optimistische, nette Riekel, der nichts weiter will, als in seiner Kneipe Bier ausschenken?

Sie greift nach den Zigaretten, die auf dem Schreibtisch liegen. Sie erreicht sie, ohne Didis Hand loszulassen. Sie kann sogar mit der Linken ein Streichholz anzünden, indem sie die Schachtel zwischen die Knie preßt. Der Tabak schmeckt bitter. Damals im OP, das war anders gewesen! Man hatte jemanden durchgebracht. Man war fest davon überzeugt, geholfen zu haben. Also war man glücklich. – Den Rest, den sah man ja nicht, der ging einen nichts an...

Theodor-Heuss-Straße 108. Die Adresse hat sie von Ulrike. »Soviel ich weiß, wohnen da nicht nur Typen, sondern auch ein paar Mädchen. Eine Freundin von mir ist gerade ausgezogen aus der Wohngemeinschaft. Du kannst es ja mal probieren. Auf Didi passen die abends schon auf.«

Eines der Klingelschilder ist mit einem schmalen Kartonstück vergrößert. *März* liest sie, *Hösch, Fischer – dreimal läuten*. Das war der Name. Sie geht die Treppen nach oben. Didi hangelt sich fröhlich am Geländer vorwärts. Er hat die Nacht auf der Couch im Schwesternzimmer bestens überstanden. Auch sie fühlt sich überraschend frisch. Dabei ist es erst zehn... Auf der grünen Tür ist eine lachende, gelbe Sonne zu sehen. *Atomkraft, nein danke*. Die Sonne gefällt Didi. Darunter gibt es noch einen Spruch: *... und manches andere auch nicht...*

»Was heißt das?«

»Das werden wir sehen«, sagt Anna und drückt dreimal.

Schritte – die Tür geht auf. Über einem gewaltigen, rotblonden Vollbart funkelt eine Nickelbrille. Auch von der Stirn ist vor lauter Haaren kaum etwas zu sehen. Doch die Augen hinter der komischen Brille sind freundlich.

»Ja, bitte?«

»Entschuldigen Sie bitte. Mein Name ist Anna Mertens... und ich...«

»Ah ja... Die Mutter mit dem Kind, was? Ulli hat gerade angerufen.« Fischer reißt die Tür weit auf. Sie gehen durch einen langen, dunklen Korridor. Auf den Schränken stapeln sich Koffer. In der Küche läßt

Fischer am Herd das Feuerzeug schnappen, entzündet die Gasflamme und setzt Wasser auf. »Auch 'nen Tee, oder?«

Anna nickt. Sie blickt sich um. Die Küche ist riesengroß. Es gibt alte, hübsche Kacheln mit violettem Art-deco-Muster darauf. Durch die geöffnete Balkontür sieht man eine Straße und eine Gärtnerei. Auf dem Wachstuch des großen Tisches in der Mitte, um den ein halbes Dutzend Stühle steht, stapeln sich Bücher und Hefte. Fischer deutet mit dem Kinn darauf. »Mußt schon entschuldigen... Wenn die anderen weg sind, arbeit' ich in der Küche.«

Sie nickt. – Das selbstverständliche ›Du‹, die Sprüche an den Wänden, das Poster mit dem nackten Mädchen, das dem Meer entgegenrennt, all das erinnert sie an ihre Vergangenheit. Auch damals gab's in Heidelberg solche Wohngemeinschaften. Und meist ging's dort drunter und drüber. Hier scheint man auf Ordnung zu halten.

»Also«, sagt Fischer und stellt die Teetasse vor sie hin, »du bist Krankenschwester? – Wie praktisch! Ein Zimmer hätten wir schon, wenn's das ist, was du suchst. Vielleicht wär' es für dich und das Kind...«

»Wieso Kind, Mami?« – Didi läuft knallrot an, Protestfalten erscheinen auf seiner Stirn, die Augen funkeln. »Bin das Kind ich? Ich will nicht hier...«

Doch den Satz beendet er nicht. Er sieht zur Tür. Anna ist sich nicht schlüssig, ob es eine Frau oder noch ein junges Mädchen ist, was da im Türrahmen steht. Unter der Afrofrisur und all dem Grobgestrickten am Leib ist das auch schwer auszumachen. Sie grüßt nicht. Sie interessiert sich auch nicht für Didi, sondern giftet gleich los: »Du hast schon wieder geschlampt, Willi!«

»Das ist Maria...« Fischer blickt so sanft wie zuvor. »Sie meint, ich telefonier' zuviel. Bei uns verkörpert sie gewissermaßen das Prinzip Ordnung...«

»Ich meine nicht, daß du zuviel telefonierst. Es geht darum, daß du schon wieder telefoniert hast, ohne ein Kreuz zu machen. Wie stellst du dir das eigentlich vor? Meinst du, daß wir mit dieser schäbigen, kleinbürgerlichen Schlampigkeit jemals irgendwas erreichen?«

»Mami, was ist das, eine schäbige, kleinbürgerliche Schlampigkeit?«

»Das weiß deine Mami auch nicht«, lacht Fischer. »Irgendwas, das dem Sieg der Arbeiterklasse im Weg steht, vermut' ich...«

Anna hat sich erhoben. Die andere mustert sie verbissen.

»Vielen Dank auch«, lacht Anna. »Vielen Dank für den Tee.«

Der freundliche Vollbart bringt sie zur Tür. »Kein Interesse, was? – Na ja, ich kann dich verstehen. Viel Glück.«

Viel Glück..., denkt sie, als sie die knarrende Treppe hinuntergeht. Und nachher, als sie wieder draußen steht, lacht sie laut auf. Beinahe ist sie glücklich. Beinahe, obwohl es dafür überhaupt keinen Grund gibt. Nun, zumindest eine Erkenntnis hat dieser Versuch gebracht: Für eine Wohngemeinschaft sind Didi und sie nicht geschaffen.

Als der VW den Philosophenweg hochknattert, leuchtet ihnen schon von weitem der grüne Triumph entgegen. – Tommy? Was will der hier? – Und Didi brüllt schon los: »Mensch, Mami! Der Tommy ist da!« Sie muß ihn festhalten, damit er nicht aus dem fahrenden Wagen springt. Dann rennt er auf seinen kurzen Beinen los, stößt die Pforte auf, wetzt in den Garten. Anna will ihm folgen. Sie kann es aber nicht. Sie spürt wieder diesen Druck, der den Hals eng werden läßt, das Pochen der Zweifel und Fragen. *Wieso ist Didi so verrückt nach Tommy ... Ach was, mach dir doch nichts vor; er ist verrückt nach jedem Mann, der sich mit ihm beschäftigt! Er will doch nur eines: einen Vater ...*

Sie hätte nie aus Maifeld fortgehen dürfen! – So lange hatte sie sich gegen diesen Gedanken gestreubt. Jetzt aber? ... ja, jetzt scheint es ihr, als habe Bernd mit seinem Pessimismus, dieses ›Alles ist so fragwürdig‹ recht. Einmal, als Zehnjährige, hatte sie sich im Wald hinterm Wasserwerk von Maifeld verlaufen. Es wurde bereits dunkel, und zwischen den Bäumen hing der Nebel, als sie herausfand, daß sie dauernd nur im Kreis gerannt war. Sie hatte sich dann niedergekauert wie ein erschöpftes Tier. Sie hatte nicht mal Angst gehabt. Sie sagte sich nur, daß sie nie mehr den Weg nach Hause finden werde. – Daran denkt sie jetzt. Und daß es dasselbe Gefühl gewesen war ...

Anna vermeidet die Treppe zum Haus. Sie geht den grasbewachsenen Plattenweg hinauf, vorbei an dem alten vergammelten Rhododendron. Warm ist es, würzig und trocken. Unter ihren Sohlen knacken Äste.

Da sind ja die beiden. Sie sitzen vor dem Haus auf der alten grünen wackeligen Bank. Dr. Herberger, Lieblingsassistent des Professors, die Freude der Patienten. – Die langen Beine hat er hochgezogen, damit Didi auch richtig darauf Halt hat. Und Didi, der ein kurzes, abgebrochenes Holzstück auf den Tisch drischt und brüllt: »Jetzt krieg' ich den Ball!«

»Das ist kein Ball. Das ist ein Puck!«

»Wieso denn Puck?«

»Mensch, wieso? – Weil wir nicht Fußball, sondern Hockey spielen, Didi! Capito?«

Beide haben sie rote Köpfe. Und beide gehen sie völlig in ihrem Spiel auf. Und der Puck ist auch kein Puck, sondern ein ordinärer Kiesel. Ihr ›Tor‹ besteht aus einer gebrochenen Tonscherbe und einem Brillenfutteral. Didi läßt das Hölzchen vorschnellen. »Getroffen!« brüllt er.

»Von wegen.«

Siehst du ..., denkt sie. *Darauf wärst du nie gekommen: Hockey.* – Für Anna ist das ein Kiesel und ein Stück Holz.

»Oh!« Tommy nimmt Didi und stellt ihn sanft auf den Boden. »Wer kommt denn da?«

»Spielen wir nicht weiter?«

»Später. Die erste Runde hast du schon gewonnen.« Er steht auf, klopft sich die Knie sauber. Er lacht, doch sie erkennt sofort, daß an diesem Lachen irgendwas nicht stimmt.

»Was führt Sie denn hierher?«

»Na, ich dachte mir, 'ne Tasse Kaffee am Morgen im Garten von Tante Frei kann nicht schaden.«

Sie ahnt gleich, daß sich hinter der Flachserei etwas anderes verbirgt. Doch sie wartet, bis sie in der Küche sind. Er ist ihr gefolgt. Sie dreht sich um. »Was ist los, Tommy?«

»Ich fürchte, wir haben ein bißchen Ärger...«

Er steht so nahe hinter ihr, daß sie den Duft seines Rasierwassers riechen kann.

»Wieso wir? Und wieso Ärger?«

»Der Chef ist zurück. Er hat mich heute morgen angerufen. Besser gesagt: Er hat mich heute morgen zur Sau gemacht. Wegen der Geschichte mit Riekel.«

Beinahe hätte sie den Topf vom Herd gestoßen. »Dann weiß er also auch, daß Didi in der Station übernachtet hat?«

Tommy nickt.

»Und jetzt?« – Die Panik ist verflogen. Sie ist wieder ganz ruhig. Sie hatten den Betrieb der Wachstation wegen eines Kindes gefährdet! Und das war ein Skandal. Alle heiligen Regeln des Klinikbetriebs hatten sie damit verletzt. Es konnte ihre Entlassung bedeuten... *Schön*, denkt sie, *aber auch die Lösung meiner Probleme. Ich würde mit Didi nach Maifeld zurück...*

»Es war die ganz große Oper. Zeus schleudert seine Blitze. Zu was ist der *King* schließlich Ordinarius und ich nur ein dämlicher Assistent?«

»Hat er wirklich solchen Krach geschlagen?«

»Das gehört doch dazu. Aber ich hatte ja noch meine Karte.«

»Welche Karte?«

»Na, Sie natürlich, Anna.«

»Mich?«

»Didi dürfen wir nicht vergessen. Der gehört ja zur

Firma. Als Frei hörte, daß es um den Jungen gegangen ist, wurde er sofort milde. Stimmt schon, was die Iris sagt. Er hat einen Narren an euch gefressen. An Ihnen und an Ihrem Problemkind.«

Sie will den Topf vom Herd nehmen. Doch er ergreift ihren Arm. »Ich wüßte schon, wie wir das alles lösen könnten... Ich zieh' einfach bei euch ein. Ist doch ein Vorschlag, oder?«

»Wenn Sie weiter solche Vorschläge machen, Tommy, dann fällt Ihnen noch ein Topf kochendes Wasser auf die Füße.«

»Und zweitens?«

»Zweitens«, sagt sie und löst sich aus seinem Griff, »zweitens habe ich was gegen Untermieter. Vor allem aber gegen solche, die selbst Nachtdienst schieben müssen. Das hilft mir überhaupt nicht weiter.«

»Eins zu null«, grinst Tommy. »Geben Sie mir's ruhig. Aber das ändert an einem nichts: Vielleicht brauchen Sie keinen Untermieter, Anna. Aber dem Jungen, dem würde ein Vater gut tun.«

Es ist wie ein Stich. Ihr Hirn wird heiß. Wie kommt er darauf? Wenn selbst ein Tommy Herberger dasselbe denkt...

Als er gegangen ist, nimmt sie sich vor, Ulli zu bitten, sich ein paar Tage lang um Didi zu kümmern.

Dabei denkt sie an ihr letztes Gespräch mit der Freundin. Was für kluge Sätze Ulli doch auf Lager hatte. *Ein Mann allein hat nie 'ne Chance! Wir Frauen, wir schaffen es viel eher. – Das mußt du dir klar machen, Anna! Dann wird's dir besser gehen. Dann bekommst du eine ganz neue Perspektive, ein neues Lebensgefühl.*

Frau oder Mann, denkt sie, *wo ist da schon der Unterschied?*

Aber ein Kind...

Um neun Uhr beginnt die Besuchszeit. Dann ist die Station von Leben erfüllt.

Ein trostreiches Wort, die Nähe eines vertrauten Menschen, ein Gespräch, das ist noch immer das beste Medikament! Das hilft manchmal mehr als alles, was wir leisten können. – Unter dieser Devise hatte Frei durchgesetzt, daß die übliche auf Wachstationen herrschende Friedhofsstille durchbrochen wurde und die Angehörigen unbeschränkt Zutritt zu den Zimmern erhielten. Wenn im Fall eines Patienten absolute Hygiene geboten war, hingen dafür Operationsmantel und Mundschutz bereit. Doch eine Trennung der Schwerkranken von ihren Nächsten, diese totale Trennung vom Leben selbst, ließ der Chef nicht zu.

Abends jedoch wird es still. Dann regieren wieder die Maschinen. Das Zittern der Zeiger, das gleichmäßige Tropfen der Infusionen bringt die Angst und die Einsamkeit zurück. Abends, das ist die Stunde der Alpträume, der Krisen, des Todes. Und der gesunde einzige Mensch, der in diesem Schattenreich dann noch den Kranken beisteht, ist die Nachtschwester.

Kleine Luftbläschen steigen in dem Zylinder der Injektionsspritze nach oben. Ein sicheres Zeichen dafür, daß die Füllung fertig ist. Anna legt die Spritze in ihre keimfreie Halterung zurück. Die Abendration Morphium für die arme Frau Waidle ist bereit.

Sie will gerade das Tablett hochnehmen. Doch da

geht die Tür auf. »Verzeihung, Schwester Anna... Haben Sie vielleicht einen Moment Zeit?«

Anna hat die Frau schon einmal gesehen, doch sie kann sie nicht einordnen. Überdies versetzt ihr der Anblick einen gelinden Schock: blonde, toupierte Löwenmähne, ein Ausschnitt, der den heftig drängenden, weißen Busen kaum zurückzuhalten vermag, breiter Goldgürtel. Die hautengen Hosen sind mit einem wilden Leopardenmuster bedruckt, und als Krönung trägt die Frau diese unmöglich-nuttigen, schenkelhohen, hochhackigen, schwarzfunkelnden Stiefel. Anna ist ein wenig konsterniert. »Um was geht's denn, Frau...«

»Riekel«, sagt die Löwenmähnige.

Anna verschlägt es die Sprache. Das letzte Mal sah Irmgard Riekel so brav und bieder aus wie jede kleine Geschäftsfrau – warum jetzt diese Verwandlung? Selbst die Wimpern sind angeklebt. Dazu der purpurrote geschminkte Mund, der lächeln will und doch nur eine Clowns-Grimasse zustande bringt.

»Schwester... ich mein', ich will ja nichts sage... aber bitte, bitte, passen Sie bloß auf meinen Alfredo auf.«

Anna schluckt. Sie weiß es also bereits! »Das tun wir doch. Das tun wir doch die ganze Zeit, Frau Riekel.«

»Schon. – Nur... wisse Sie; ich glaub', er ist zu allem fähig...«

Ein Verdacht steigt in Anna auf. »Was meinen Sie mit *zu allem fähig?* – Kommen Sie doch rein.«

Sie schiebt ihr einen Stuhl zurecht. Doch Irmgard Riekel schüttelt nur den Kopf. »Ich hab' jetzt keine

Zeit und muß gleich weg. Nur, ich möcht' – ich muß mit jemand darüber rede. Sonst werd' ich selbst verrückt. Ich hab' solche Angst! – Er spinnt einfach, mein Alfred. Seit sie uns gekündigt haben, spinnt er. Da fing das Trinken an. Auch die Sach' mit dem Pfropf in der Lunge... Das war doch nur seine Sauferei... Alfred, hab' ich g'sagt, wenn du so weitermachst...«

»Was war denn das für eine Kündigung?«

»Ach, Schwester Anna... wir waren so glücklich mit der Kneipe. Alfred hat alles selbst gemacht. Und das Ding lief. Dann haben wir das Haus gebaut. Und ein neuer Wagen mußte natürlich auch gleich her. *Für dich,* sagt er. Er liebt mich wirklich, wissen Se...«

Die runden Puppenaugen starren sie beschwörend an. Anna nickt.

Irmgard, hat er gesagt, *jetzt bekommst du endlich, was du verdienst. Und du kriegst es von mir.*

Anna nickt wieder. »Und die Kündigung?«

»Die Brauerei«, sagt Irmgard Riekel. »Ein Jahr geben sie uns noch. Dann müsse wir raus. Seitdem – seitdem säuft Alfred nur noch. Als ob er sich umbringen wollt'. Er hat's ja auch schon mal versucht.«

»Was hat er versucht?«

»Den Gashahn hat er aufgedreht. Nachher hat er getan, als ob's ein Versehen gewesen wär'.«

»Selbstmord?«

»Die Versicherung«, sagt Irma Riekel leise. »Er hat eine Lebensversicherung auf mich abgeschlossen. Das ist ja, was mir so Angst macht. Er liebt mich zu sehr.« – Wieder Schweigen. Anna sucht nach Worten. Lieber Himmel! Und Riekels Humor, den sie so bewundernswert gefunden hatte? Das war dann wohl nur der Galgenhumor des Depressiven. Was muß in ihm vorgegangen sein, ehe er sich den Beatmer-Schlauch herausriß?

Ich bin ja nur gekommen, weil der Professor mich ang'rufen hat. Er hat g'meint, ich soll mit Alfred sprechen. Dringend sei's. Ganz dringend...«

Frei? Anna ist zunächst sprachlos. – Aber es ist ja ganz typisch für ihn, daß er sich nicht nur um das körperliche Wohl seiner Patienten kümmert, sondern daß ihm auch ihr Gemütszustand am Herzen liegt.

»Und wie recht er hatte, der Professor. Ich hab' mich gleich gefragt, ob das mit dem Schlauch bloß Zufall war. Und dann hab' ich's meinem Alfred auf den Kopf zug'sagt. Und vieles andere noch dazu... Daß er viel zu gut ist. Und... und...«

Ihre Stimme zittert jetzt. Doch heulen kann sie ja nicht, die Irmgard Riekel. Was würde denn sonst aus den Wimpern? Daher reißt sie sich zusammen und sagt: Er muß doch einsehen, daß er nichts Schlimmeres anstellen kann, als mich allein zu lassen. In einer so beschissenen Welt. Ja, das hab' ich ihm g'sagt. Alfred, hab' ich ihm g'sagt; ich bring' uns doch allein durch!«

Irmgard Riekel sieht Anna an, als brauche sie von ihr die Zusicherung, daß sie es schafft. Und Anna nickt. Die Rührung steckt wie ein Kloß in ihrer Kehle. Sie sieht diese verrückten Stiefel, das Leopardenmuster, den Busen, den geschminkten Mund. *Ich bring' uns allein durch...*, denkt sie und ahnt jetzt, was Irma Riekel damit meint.

»Wie hat ihr Mann dann reagiert?«

»Das ist es ja gerade... Wenn er mich wieder in meinem früheren Beruf arbeiten läßt, dann verdien' ich doch, was ich will... Das weiß er ganz genau, der Alfred. Sagen konnt' ich's nicht. Aber zeigen. – Deshalb hab' ich das alles an. Verstehen Sie?«

»Ich glaube ja, Frau Riekel.«

»Er hat mich nur angesehen. Und dann nahm er seine Tafel und hat geschrieben: ›Tu was du willst. Ich lieb' dich...‹ Das hat er geschrieben. Und noch was. Wissen Sie was?«

»Was denn?«

»Ich glaub' an dich.«

Diesmal schafft sie es nicht mehr, die Tränen zu kontrollieren. Hastig öffnet sie die Handtasche, um sich abzutupfen. Etwas verschmierte Augentusche bleibt trotzdem zurück – und ein Lächeln, das wie das Lächeln eines kleinen, verschüchterten Mädchens wirkt.

Anna kann nicht anders, als ihre Hand zu nehmen. Sie hält sie mit beiden Händen fest. »Wissen Sie was, Frau Riekel? Ich finde Sie großartig!«

»Und Sie passen auf ihn auf?«

»Jede Sekunde, Frau Riekel. Ich versprech' es Ihnen... Und ich glaube, daß es jetzt vielleicht gar nicht mehr so notwendig ist.«

Eigentlich sollte Anna ihren Rundgang machen und die Medikamente austeilen, aber sie setzt sich noch mal auf den Stuhl. Die kleine Cognacflasche im Aktenschrank ist leer. Sie könnte einen Schluck brauchen. Da jedoch nichts zu trinken da ist, greift sie zu einer Zigarette, zündet sie an, nimmt einen tiefen Zug und denkt: *Und du?* – Sie blickt der Rauchspirale nach, die sich langsam zur Decke emporwindet. *Kommst du dir jetzt immer noch so wichtig vor mit deinen Problemen?* ... Das ist das gute an dieser Arbeit: Man erkennt den Stellenwert der eigenen Sorgen. Der Ärger mit Ulrike zum Beispiel... Ihr Gesicht, als Anna Didi in die Wohnung in der Brunnengasse gebracht hat. *Hör mal Anna. Für ein oder zwei Tage geht das ja. Aber das sag' ich dir gleich: Ein Dauerzustand wird das nicht! Wenn ich ein Kind wollte, dann würde ich ja nicht die Pille nehmen, oder?* – Und das hat Ulrike so ganz beiläufig gesagt. Dabei hatte Anna so an diese Freundschaft geglaubt. Das war es also, das *neue Lebensgefühl der Frau,* von dem Ulli immerzu faselte! Aber deshalb würde die Welt nicht untergehen. – Jetzt ärgert Anna nur eines: Daß sie nicht schlagfertiger gewesen war...

Sie greift zum Telefonhörer und bittet das Mädchen in der Zentrale um ein Gespräch mit einem Anschluß in New Lansing, Michigan.

»Aber das ist doch in Amerika«, sagt das Mädchen.

»Ja, das ist Amerika. Es ist ein Privatgespräch. Sie können es doch über die Verwaltung abrechnen, ja?«

»Okay«, sagt die Telefonistin. Das Gespräch läuft über Satellit – das weiß Anna von ihrem letzten Versuch, New Lansing in Michigan zu erreichen. Schon bei ihrem letzten Anruf vor einer Woche hatte sie sich gewundert, wie das wohl funktioniert. Die Verbindung kommt schnell. Ein Knacken. – Die Stimme, die spricht, ist überraschend nah, so deutlich, als käme sie aus dem Nebenraum. *This ist Betty Almore speaking. – Hallo, please?*

Die Stimme einer Frau. Das letzte Mal war es ein Mann gewesen. Er hatte irgendwas geflucht und dann den Hörer aufgeknallt. Betty Almore? Betty. Das ist eine Abkürzung von Elisabeth. So heißt die Tochter von Frau Waidle, von der diese immerzu spricht...

Anna hat sich die englischen Sätze schon zurechtgelegt. Nun sprudelt sie los: *I'm calling from Heidelberg, Westgermany...* Was für ein Unsinn! Elisabeth Almore ist doch Deutsche. »Frau Almore, Sie sind doch die Tochter von Frau Waidle, nicht wahr? – Ich bin Anna Mertens, Nachtschwester in der Wartberg-Klinik, hier in Heidelberg. Es tut mir so leid, aber ich muß Ihnen sagen: Ihre Mutter hat Krebs. Sie liegt im Sterben.«

»Lieber Gott!« hört sie Elisabeths Stimme. Sie klingt jetzt nicht mehr so klar und selbstsicher.

»Hören sie, Frau Almore, Ihre Mutter hat nur noch den einen Wunsch: Sie zu sehen. Sie und vielleicht das Kind, ihren Enkel. Sie spricht ständig davon.«

»O lieber Himmel... Aber wie soll ich...«

»Es ist das einzige, was Sie sich noch erhofft. Ist es denn wirklich nicht möglich, Frau Almore? Sie hat Sie doch so lange nicht mehr gesehen. Zwanzig Jahre, nicht wahr?«

»Ja«, sagt die Frau dort auf der andern Seite des Atlantiks in irgendeinem kleinen Städtchen des Mittleren Westens. Anna sucht nach Worten. Sie muß etwas finden, das überzeugt. Und da spricht sie ihn aus, diesen schrecklichen Satz: »Sie kann nicht sterben – verstehen Sie, was das heißt? Ihre Mutter kann einfach nicht sterben, ehe sie Sie noch einmal gesehen hat...«

Wieder eine endlose Pause. Dann kommt fast unhörbar die Antwort: »Hören Sie... Was soll ich denn tun? Ich kann doch nicht...«

»Warum nicht?«

»Mein Mann! Er hat mir verboten, Mutti zu besuchen. Außerdem... wir haben kein Geld...«

»Aber das muß doch möglich sein. Das ist doch gar nicht mehr so teuer, ein Flug nach Europa.«

Sie hört einen Laut, der wie ein Schluchzen klingt. Dann vernimmt sie wieder Betty Almore's Stimme. Dieses Mal ist sie fest und klar: »Ich kann nicht. Ich kann wirklich nicht!«

Es knackt im Apparat. Anna will es nicht glauben. »Frau Almore!« ruft sie, schreit es in den Apparat. »Frau Almore, hören Sie doch! Sind Sie noch da?«

Und da kommt nur die kühle, unbeteiligte Antwort der Fernvermittlung: »Der Teilnehmer hat aufgelegt.«

Sie blickt den Hörer an. Sie kann es nicht glauben...

Die Schmerzen kommen wie auf Katzenpfoten, sie schleichen sich ein, sobald die Wirkung des Morphiums nachläßt. Die alte Frau hat gelernt, sie zu akzeptieren. Die Zeit des Sich-Wehrens, des Sich-Aufbäumens, des Stöhnens ist vorüber. Sie hat auch gelernt, den Blick in den Spiegel zu vermeiden, nicht mehr nach dieser schrecklichen Veränderung zu forschen, die ihr ihr eigenes Gesicht, den eigenen Körper fremd erscheinen läßt, so entsetzlich fremd, daß sie nichts empfinden kann als peinvolle Scham über sich selber...

Nun ist sie ruhig geworden. Das Pochen, das Brennen, welche sie manchmal zu verzehren drohen, sind ihr vertraut wie alte Freunde. *Wir alle müssen sterben,* hat der Pfarrer gesagt, *alles ist Veränderung vom ersten bis zum letzten Tag...*

Wenn sie so daliegt und reglos zur Decke starrt, weiß sie, daß er recht hat. Sie will keine Gespräche mehr. Auch nicht mehr in den Pausen zwischen den Schmerzen, wenn sie in die weiche Wattewelt des Morphiums eingehüllt ist. Die Bilder genügen ihr. Sie hat ein langes Leben gehabt, und die bohrende Frage, ob dieses Leben denn lebenswert gewesen sei, stellt sich ihr nicht mehr. Sie ist glücklich mit ihren Bildern. Sie sieht die Wohnung in Stettin vor sich, das Segelschiff unter Glas, das so schön leuchtete, wenn die Sonne durchs Fenster fiel. Das Schiff mußte sie auf der Flucht zurücklassen. Sie sieht die baufälligen Baracken des Lagers und den blauen Lkw vor sich, den Jakob zusammenbaute, nachdem die Engländer ihn aus der Kriegsgefangenschaft entlassen hatten. Sie fuhren damit auf die Felder und gruben Zuckerrüben aus. Jakob transportierte alles: Zuckerrüben, Müll, Kohle, Bauschutt. – Es ging ihnen gar nicht einmal so schlecht.

Doch dann kam dieser Vorortzug und zertrümmerte den Lkw. Die Warnlichter des Bahnübergangs hatten versagt, wie man ihr erklärte. Und sie tauschte den Pelzmantel, den Jakob ihr geschenkt hatte, gegen zwei Särge. Der kleine für den Jungen war weiß und hatte sogar Messingbeschläge. Bilder, Erinnerungen... Sie konnte sich eine Dachwohnung in Waiblingen einrichten, als sie den Prozeß gegen die Bundesbahn endlich gewonnen hatte. Hübsch war es dort. Blumen wuchsen vor den Fenstern. Und Liz bekam sogar ihr eigenes Zimmer.

Emma Waidle war sehr glücklich in dem alten Haus. Ein bißchen erinnerte es sie sogar an Stettin. Die Leute kannten sie. Und in den Kursaal-Lichtspielen, wo sie die Toiletten betreute, sprachen sie viele mit ihrem Namen an. Doch dann wurde das Grundstück verkauft, und an die Stelle, wo das Haus gestanden hatte, kam ein Supermarkt. Liz machte das nicht viel aus. Fünfzehn war sie und hübsch; die Zöpfe hatte sie sich abgeschnitten, ganz kurz trug sie das Haar damals. Sie war schlank und redete dauernd von der Stadt und der Dolmetscher-Schule.

So zogen sie schließlich nach Stuttgart in einen Neubau. »Das vergeß' ich dir nie, Mama«, hatte Liz gesagt. »Und weißt du, wenn ich mal genügend verdiene, kauf' ich dir 'ne Eigentumswohnung. Ich laß' dich nie im Stich... nie...«

Nie? – Es war so lieb gemeint von Liz. Doch die Mutter hatte schon damals nichts erwartet. Gegen das Glück war Emma Waidle mißtrauisch geworden.

Nun wohnt Liz in Amerika, hat selbst ein Kind; ein bißchen dicker ist sie geworden, und die Fotos von ihr und dem Kleinen liegen auf dem Nachttisch. Sie sind schon ganz abgegriffen. Emma schleppt sie überall mit hin, durch alle Krankenhäuser, in die man sie gelegt hat. Als erstes packt sie jeweils die Fotos aus und legt sie auf den Nachttisch. Die Fotos würde sie bald nicht mehr brauchen, Liz würde persönlich kommen, sie muß einfach kommen... Immer nur denkt sie den Namen *Liz*. Auch jetzt. Und dann wird sie wieder von einer Welle des Schmerzes emporgehoben. *Nur nicht wehren ... mitgehen.* – Auch das hat sie gelernt: so zu atmen, wie die Schmerzen es verlangen...

Die Tür öffnet sich...

»Oh, Liz... Liz! Es hat so lange gedauert...«

Das Gesicht vor ihr verschwimmt, eine Hand streichelt sie, legt sich auf ihre Stirn. »Liz...« Die Lippen schmerzen. Sie sind immer so trocken. Und Liz befeuchtet sie.

»So ist es doch besser, nicht? ...und jetzt sind auch die Schmerzen gleich vorbei.«

Sie spürt den Stich der Morphiumspritze nicht. Sie ist viel zu aufgeregt. Sie hört auch nicht das leise »Frau Waidle... was ist denn?... Bleiben Sie ganz ruhig...«

»Liz! – Hast du den Kleinen mitgebracht? Wo ist er denn? Ich hab' ihm auch was gekauft. Ein Auto, weißt du... Liz?«

»Das ist aber lieb von dir.«

»Sag doch, hast du den Kleinen nicht dabei, Liz?«

»Nein. Nein, Mama...« Und dann: »Weißt du, die Reise ist zu lang für ihn. Ich konnte ihn nicht mitnehmen.«

»Schade...«

Die Hand legt sich auf ihre Stirn. Emma Waidle ist so glücklich. Sie schließt die Augen.

»Aber du bist da... Endlich bist du gekommen...«

Anna wagt sich nicht zu rühren. Und erst als die gebrochene, leise Stimme fleht: »Sag' doch was zu mir, sprich' doch mit mir, Liz... Weißt du, es ist so schwer, die Augen offenzuhalten« – da endlich ist die letzte Scheu gebrochen.

Anna blickt in das ausgezehrte, eingestürzte Gesicht mit den tiefen Schattenaugen. Als die alte Frau ihre Augen unter Aufbietung aller Kraft öffnet, sind ihre Augen ganz klar.

Emma Waidle lächelt.

Anna tritt einen Schritt zurück. Sie lockert die Klemmen, die ihre Haube festhalten, nimmt sie ab, legt sie vorsichtig auf den Tisch. Ist das Spiel eine Lüge? Nein, nicht einmal Betrug. Hilfe ist es – und sie ist froh, daß sie helfen kann.

Sie setzt sich ans Bett. »Schmerzen, Mama?«

»O nein. Nicht mehr so schlimm... Weißt du, Liz, ich bin richtig glücklich jetzt.«

»Was wirst du erst glücklich sein, wenn du erst bei uns in Amerika bist, Mama... Du mußt nur gesund werden. Du mußt dich jetzt anstrengen.«

Emma Waidle verzieht den Mund. »Ich würde ja gerne... Amerika... Aber das geht nun nicht mehr... Ist nicht schlimm, Liz... Nein, gar nicht... Jetzt ist alles gut. Weißt du, nur daß du kommst, das hab' ich noch gebraucht, das war wichtig für mich.«

Anna schluckt. Es ist ihr, als sei sie mit diesem armen Körper verbunden, als sei es ihre Mutter, die hier liegt und sie ansieht.

»Du mußt nicht traurig sein, Liz, das mußt du mir versprechen. Ich geh' ja auch nicht weit. Ich geh' doch nur zu Jakob und dem Kleinen ... Die brauchen mich ja auch. Jakob hat immer gesagt ...«

Die Worte werden undeutlich, die Wirkung des Morphiums treibt die Schmerzen fort, die noch einmal das Gesicht verzerren, löscht sie aus, und das Lächeln wird ganz sanft.

»Liz? Wo bist du?«

»Hier, Mama.«

Sie beugt sich über den kleinen, abgemagerten Körper.

»Weißt du, Liz ... Es ist gar nicht so schlimm ... Überhaupt nicht ...«

Emma Waidle hat Schwierigkeiten mit dem Sprechen. Die Krankheit hat dem Körper das Wasser entzogen, die aufgesprungenen Lippen versagen. Anna nimmt Öl und Watte und beginnt, sie behutsam einzufetten. Die Hand der Kranken faßt nach ihr, und unter der dünnen Pergamenthaut spürt sie das Feuer, das diesen Körper verbrennt.

»Ach, Liz ...«

»Ja, Mama?«

»Dort, in Amerika ... in deinem Haus ... habt ihr auch Blumen im Garten?«

»Sicher, Mama. Viele.«

»Wie schön!« Die Augen schließen sich.

Anna faßt nach dem Puls. Kaum mehr zu spüren, eine schwache, winzige Bewegung, wie der Flügelschlag eines sterbenden Vogels. Das Morphium! Es schwächt das Herz ... *Schön wäre es, wenn sie jetzt einschliefe,* denkt Anna. *Jetzt zu sterben, wäre das Beste ...*

Sie steht lange da. Schließlich geht sie ans Waschbecken. Das Gesicht, das ihr aus dem Spiegel entgegenblickt, ist blaß und müde, die Augen sind rot. Sie kühlt sie mit Wasser. Dann setzt sie die weiße Haube wieder auf...

In einer der Villen am Hang, westlich der Wartberg-Klinik, gehen zu dieser Zeit die Lichter an. Herbert Frei hat den Kampf gegen die Schlaflosigkeit verloren. Und Tabletten – nein, kommt nicht in Frage...

Er schiebt stöhnend die Beine aus dem Bett und steigt vorsichtig über den Berg von Büchern und wissenschaftlichen Veröffentlichungen am Boden. Dann bindet er den Gürtel des Bademantels zusammen und sucht den Schalter der Zentralbeleuchtung.

Zwanzig Spots zerreißen mit einem Schlag das Dunkel. Die Halle liegt hell erleuchtet vor ihm: Teppiche auf poliertem Travertin, Glas, Chrom, schwarzmattes Leder. – Die Bilder an den Wänden, der Kamin dort an der Frontwand... Ein Vermögen ist hier verbuttert worden. Und er, er hatte es aufgebracht, zusammengeschuftet, bis zum Umfallen, jawohl; doch die Freude, das Gefühl zu Hause zu sein, hatte er sich dennoch nicht erkaufen können.

Er stellt sich an das gewaltige Fenster. Wie ein gläserner Smaragd schimmert draußen der Swimmingpool.

Wieder spürt er diesen ekelhaften, schabenden Schmerz in den Schläfen. Er treibt ihn weiter: von einem Raum in den nächsten. – Herrenzimmer, Bibliothek. Manchmal hatte er von seinen Reisen irgend etwas mitgebracht, das ihm gefiel: ein paar Muscheln, ein krummer Ast, eine Eingeborenenmaske.

Oder er hatte sich ein Bild gekauft... Doch immer, wenn er versuchte, einen Platz dafür zu finden, erlebte er dieselbe Niederlage: Was ihm gefiel, in diesem superfunktionalen Haus wirkte es fremd, deplaziert... Nein, ihm hatte der Architekt und Geliebte seiner Frau, Kammerer, nie eine Chance gegeben! Bis heute nicht! Was ihn berührte, was seine Gefühle ausdrücken konnte, es vergammelte irgendwo in den Kisten auf dem Dachstuhl.

Er geht ins Bad, starrt in den Spiegel. – Nicht übel. Nichts zu sagen. Für seine fünfundfünfzig Jahre und in Anbetracht seines Lebens sogar beachtlich. Hatte er sich je geschont? Glück hatte er gehabt.

Er denkt an Ellen, mit der er seinen Urlaub auf Ischia verbracht hat. Ellen. – An ihr ist alles tadellos gepflegt, formvollendet bis ins letzte Detail. Und was sie während des Urlaubs tat, war bis ins Detail geplant: Das Hotel, das sie bestellt hatte, der Auftritt an der Bar, die Wahl der Kleider, der Schuhe, des Bikinis... Schön war sie, ja! Schön und wild. Zu Hause, bei ihrem Managergatten die perfekte Dame, im Urlaub aber und beim Ehebruch, da spielte sie die Hure. Und auch das hatte sie sich sicher zuvor zurechtgeträumt. – *Du bist gemein,* ruft er sich zur Ordnung. *Unmöglich bist du.*

Noch nie habe ich einen so wunderbaren Liebhaber gehabt wie dich..., hatte sie gesagt. – Na bitte! Doch ob es ernst gemeint war? Sie hatte sich vorgenommen, sich in ihn zu verlieben. Und der Kitzel ihres schlechten Gewissens hatte den Genuß der paar Nächte gesteigert, für die sie ihn so pries. Das war's doch. Und das Resultat? Das Übliche! Ein schaler Geschmack.

So steht er im Bad und beobachtet sein Bild im Spiegel, als habe er es noch nie gesehen. Direkt vor ihm, in dem Spiegelkasten, liegt die Lösung all seiner Probleme. Er kann es sich aussuchen. Unter all den schönen Namen, den appetitlichen Packungen, den rosa, gelben, grünen Pillen... Die Wirkungsmechanismen sind dieselben. Ob mit Dipenzepin, Imipramin oder was immer, du kannst dir deine Fahrkarte lösen: in den Schlaf, der alles löscht, aber auch in die Retorten-Heiterkeit der Chemie.

Doch damit ist er fertig. Das war der Erfolg dieser Reise nach Ischia. Tabletten braucht er keine mehr. Während einer der letzten Operationen vor dem Urlaub hatte seine Hand leicht gezittert. Niemand außer Hofner hatte etwas davon gemerkt. Aber das genügte.

Er streckt die Arme aus und beobachtet seine Hände. Sie sind ganz ruhig.

Wenigstens das hat er geschafft. Aber sonst, was hat er sonst geschafft, der große Frei, der *King*...

In der Halle geht er zum Barschrank hinüber. Whisky bringt zwar wenig Hilfe, doch er ist besser als nichts. Er blickt in die braunklare Flüssigkeit, nimmt einen Schluck, dann stellt er das Glas weg. Er greift zum Telefon. Er hat die ganze Zeit daran gedacht, auf einer zweiten, anderen Ebene seines Bewußtseins war es immer drängender, unwiderstehlicher geworden. Er wählt die Nummer der Wartberg-Klinik.

»Hallo? – Hier ist Frei!«

»Wer? Wie bitte? Der Herr Professor?«

»Na sicher. Was schreien Sie denn so? – Einen schönen Abend übrigens...«

»Guten Abend, Herr Professor.«

»Guten Abend. – Und jetzt geben Sie mir doch bitte mal die Schwester Anna von der Wachstation.«

»Schwester Anna? Sofort, Herr Professor. Einen Augenblick, Herr Professor...«

Die Nachtleuchten zaubern runde, sanfte Lichtinseln zwischen Geräte, Kabel und Betten. Anna ist immer noch unterwegs. Doch heute ist es ihr wirklich zuviel. Ihr Rücken schmerzt. Und der Gedanke an Emma Waidle begleitet sie. Ab und zu wirft sie einen kurzen Blick in das Zimmer der alten Frau. Sie atmet röchelnd. Doch sie lebt. *Ich muß dabei sein, wenn der Tod kommt*, denkt Anna. *Ich will, daß jemand ihre Hand hält. Sie soll nicht sterben wie die anderen, einsam, in einer Ecke, zwischen den Geräten.*

Wie spät? Kurz vor zwölf. Um Mitternacht wird sie sich ihre zweite Zigarette leisten. Eine Art Ritual: hinsetzen und abschalten.

Punkt zwölf Uhr steht sie im Aufenthaltsraum und blickt wieder hinunter durch das große Fenster auf den Parkplatz.

Er ist noch immer da...

Jetzt hat er sich auf den Kotflügel eines VW gesetzt. Er trägt einen grauen Parka, ist ziemlich groß gewachsen, hat halblanges, strähniges Haar und trägt eine Brille. Im Schein der Peitschenlampe erkennt Anna manchmal sein Gesicht. Was steht er dort stundenlang herum? Und wenn er zu einem der

Kranken gehört, warum kommt er dann nicht herauf?

Ich sollte an der Pforte anrufen, überlegt sie. *Oder beim Hausmeister. Besser ist es vielleicht, mal mit Iris zu reden...*

Als sie gerade zur Zentrale hinübergehen will, kommt ihr Iris entgegen.

»Schwester Anna!« Das hübsche Gesicht zeigt spöttischen Respekt. »Sie werden am Telefon verlangt. Der Herr Professor. Der *Herrgott* persönlich.«

»Was?«

»Na, komm schon.« Zum ersten Mal zeigt Iris etwas wie Kameradschaft. »Er wartet. Er ist am Apparat.«

Anna weiß nicht, was sie denken, was sie sagen soll. Sie spürt die Röte im Gesicht und Iris' prüfenden Blick. Sie kann sich vorstellen, was ihre Kollegin denkt. Der Chef, der eine Schwester um zwölf Uhr nachts anruft...

»Das ist sicher was Dienstliches.«

»Na sicher. Was denn sonst?«

Doch da fällt es ihr ein: Das Theater mit Riekel. *Zuerst hat er Tommy fertiggemacht, jetzt bin ich dran. Und das nachts um zwölf...*

Jetzt hat sie Angst. Sie hat sich doch alles so schön zurechtgelegt. *Wenn er mich feuert, okay, dann kann man nichts machen.* Doch der Gedanke, wegzugehen und eine Frau wie die Oma Waidle in dieser Situation allein zu lassen...

Ganz langsam nimmt sie den Hörer ab.

Und da ist schon seine Stimme und poltert gleich los, ohne auf ihr schüchternes »Guten Abend, Herr

Professor« einzugehen. Er sagt ein paar Sätze, die sie gar nicht versteht, da sie zu benommen ist. Doch dann sagt er: »...ich muß ein bißchen Druck ablassen. Und schließlich bist du die einzige, die ich jetzt nicht störe. – Was gab's denn da? Was habt ihr bloß für einen Mist gebaut?«

»Ich weiß, Herr Professor. Es tut mir auch so leid, Herr Professor.«

»Du brauchst nicht in jedem Satz fünfmal *Professor* zu sagen. Und um den Riekel geht's überhaupt nicht. Es geht um dich. Und es geht um den Jungen. Den kannst du doch nicht nachts in dieser Bude allein lassen. Der fürchtet sich doch zu Tode. Wo steckt er denn? Etwa...«

»Bei einer Freundin.«

»Und morgen?«

»Da hol' ich ihn.«

»Aber er muß doch eingeschult werden.«

»Nächste Woche, Herr Professor.«

»Das ist doch alles ausgemachter Blödsinn! Wie lange kann er denn bei dieser Freundin bleiben?«

»Das ist es ja gerade. Nicht lange. Sie ist selbst berufstätig...«

Eine Pause entsteht. Sie hört seinen Atem. Er klingt wie ein Seufzer. »Paß auf, Mädchen. Ich hab' heute abend eine Menge Zeit zum Nachdenken gehabt. Ich kann nämlich nicht einschlafen. Na, und da fiel mir etwas ein. Eine ganz naheliegende Lösung: Das Haus ist groß. Ich habe vier Gästezimmer. Sogar eine eigene Küche gibt's da oben im ersten Stock... Was soll ich denn in dem Kasten immer allein rumtigern? – Ihr kommt ab morgen zu mir!«

Zuerst glaubt sie, sich verhört zu haben. Sie kann es nicht fassen. Sie starrt auf ein Journal, das Iris auf ihrem Arbeitstisch hat liegenlassen. *Zarte Haut ist so aufregend weiblich,* liest sie, *deshalb nehmen Sie...*

Und da ist wieder die Stimme. Nicht mehr laut und schon gar nicht befehlsgewohnt, sondern sanft, leise, fast ein wenig schüchtern. »Was meinst du denn? Ich halte das für das Beste. Oder willst du nicht?«

»Ich weiß gar nicht, was ich sagen soll, Herr Professor.«

»Du brauchst auch gar nichts zu sagen. Und außerdem geht es mir ja auch vor allem um den Kleinen. Und auch ein bißchen um mich selbst... Hallo? Bist du noch da?«

»Ja«, sagt sie. Diesmal schenkt sie sich den *Professor.*

»Ich fühl' mich nämlich manchmal verdammt einsam hier oben. Kannst du das verstehen?«

»Ich glaube schon.«

»Na, siehst du!« Und nun schon wieder munter, als handle es sich um eine Verabredung zu einem Glas Wein. »Ich hab' morgen sowieso nicht soviel zu tun. Und schlafen kann ich auch nicht. Wie gesagt, wir sollten das mal bereden. Außerdem möchte ich sowieso nach euch sehen... Ich komm' gleich vorbei.«

»Hierher?« – Sie fühlt selbst, wie unsinnig die Frage ist.

Und da lacht er schon los. »Ja, was denn noch? Schließlich ist das noch immer meine Station! Und schließlich sind das meine Patienten. Schließlich ist es meine Pflicht nachzusehen, wie's bei euch so steht.«

»Natürlich...«, stottert sie. »Jawohl.«

»Jawohl, Herr Professor heißt das«, lacht er und legt auf...

»Der Alte! Jetzt, um die Zeit?« Iris kämmt sich nervös die roten Haare, zieht mit dem Stift die Augenbrauen nach, als sitze sie nicht in der Zentrale der Wachstation, sondern habe sich in der Theater-Garderobe auf einen Auftritt vorzubereiten.

Anna beobachtet sie fasziniert. Einen Gedanken fassen kann sie nicht. Es kam zu überraschend. Ein Wirbel von Fragen dreht sich träge in ihrem erschöpften Gehirn.

Iris legt den Stift weg. Sie sieht Anna über die Schulter an. »Du... und Tommy Herberger? Ist es nicht besser, wir wecken ihn?«

Doch Anna schüttelt nur den Kopf.

Noch einmal macht sie die Runde. Notwendig ist es nicht – doch die einzige Möglichkeit, ihre Erregung zu dämpfen. *Frei will mich bei sich im Haus haben? – Didi darf bei ihm wohnen! Und was sollte dieser Satz.* »Es ist auch besser für mich...«

Emma Waidles Puls hat sich wieder gekräftigt. Sie scheint auch diese Nacht, vielleicht diese Woche noch zu überleben. Giovanni und der neue Infarkt-Fall, den Hofner am Vormittag eingewiesen hatte, schlafen. Riekel? – Er hat das Schlafmittel nicht genommen. Die beiden Tabletten liegen noch in ihrem Schälchen. Er liegt ruhig und entspannt da. Nun das Zimmer vier. Auf dem Spezialbett liegt unbeweglich wie immer, seit Wochen in tiefer Bewußtlosigkeit, Thomas Kiefer. Dünne Kabelschlangen hängen von Körper und Schädel herab. Selbst die Stromstöße des Gehirns nehmen die Sensoren auf. – Nur, sie haben nichts zu melden...

Lautlos schließt sie die Tür hinter sich, geht zwei, drei Schritte bis zur Biegung des Ganges – und erstarrt.

In der Tür dort drüben steht der Fremde vom Parkplatz. Seine Brille funkelt. Er hat fettiges, langes Haar. So steht er, die Hände in den Taschen seiner schmuddeligen Windjacke, da, blickt ihr entgegen, und in dem jungen, mageren Gesicht ist ein Ausdruck, der sie an ein in die Ecke getriebenes Tier erinnert.

Sie spürt, wie ihre Finger kalt werden.

Die Türe zu Nummer acht... Er muß in Schwertmeisters Zimmer gewesen sein. Und wenn er nun Schwertmeister beraubt hat? Wer weiß, was ein Millionär so alles in seinem Zimmer aufbewahrt... Ein Einbrecher – also doch! Und was starrt er sie so an?

Eine Sekunde nur hat Anna alle Symptome der Furcht gespürt. Doch dann ist das vorbei. Entschlossen geht sie auf den Mann zu, in der Erwartung, daß er irgendwas unternimmt, sie bedroht, schlägt, flieht...

Er rührt sich nicht.

»Was tun Sie hier? Was haben Sie bei dem Patienten gesucht? Wer sind Sie überhaupt?«

Er schweigt. Sie sieht die Schweißperlen auf seiner

Stirn. Und sie sieht, wie sich in dem dünnen, dunkelblonden Bartgewirr der Mund bewegt.

»Ich wollte nicht... Sie müssen verstehen...«

»Was soll ich verstehen?«

»Wissen Sie, ich will doch nichts. – Ich wollte ihn nur sehen... Schließlich... Ich... ich wollte ihn besuchen.«

»Jetzt? – Um Mitternacht?«

»Ja... jetzt!« Er atmet schwer. Jede Antwort scheint ihm schwerzufallen. »Ja, erst jetzt habe ich genügend Mumm dazu gehabt. Aber er schläft...«

»Wer sind Sie?«

Er hat große dunkle Augen. Sie begegnen Annas Blick. Sie sind bittend, beinahe sanft. »Ich? – Ich heiße Hans Schwertmeister. Ich bin sein Sohn...«

Sie ist zu überrascht. Und versteht auch kaum, was er da hervorsprudelt. Und noch schwieriger ist es, sich einen Reim auf all das zu machen. Die Augen! – Diese abgerissene Gammlerkluft! Die schmutzigen Turnschuhe. Der zerschlissene Kragen. Das Militärhemd. Schwertmeisters Sohn? – Der Sohn eines Multimillionärs in einem solchen Aufzug...

Wenn bloß endlich Frei käme! Er kennt die Familie. Der *King* würde mit der Situation eher fertigwerden als sie.

»Der Professor ist gleich da. Sie können sich dort in den Aufenthaltsraum setzen.«

Sein Blick verändert sich. Er wirkt jetzt gehetzt. Er blickt den Gang entlang. Dann hinüber zum Eingang. »Nein, nein. Den will ich nicht sehen. Er gehört auch zu ihnen?«

»Zu wem?«

»Das verstehen Sie nicht. Ich möchte ihn aber nicht sehen. Ich will nur eines wissen: wie geht's meinem Vater? ... meinen Sie, man kann mit ihm sprechen? Könnten Sie mir das vermitteln?«

»Vermitteln? Wieso denn? Ich brauch' doch nichts zu vermitteln.«

»Doch. Es ist nicht so einfach, wissen Sie ... Aber das werden Sie nicht verstehen.« Große, dunkle Augen. Und eine verzweifelte Bitte darin. Sie weiß nicht, was sie darauf sagen soll. Warum er überhaupt hier ist, jetzt, um diese Zeit?

Doch sie ahnt es. Und er geht auf sie zu und nimmt ihre Hand. »Bitte ... Ich muß es einfach wissen. Wie geht es ihm?«

Sie sieht ihn nur an. Sie versucht zu lächeln, aber das geht schief. Und da zuckt sie nur mit den Schultern. Und er versteht.

»Wie lange dauert das noch?«

»Das weiß niemand. Ein paar Wochen ... vielleicht.«

Seine Schultern sacken nach vorne. Er steht stumm da und starrt zu Boden auf die schmutzigen Kappen seiner Tennisschuhe. Dann nickt er und sagt plötzlich: »Ich muß jetzt gehen.« Er sagt es ganz hastig. »Es ist, glaube ich, besser so ... Aber ich komme wieder.«

»Hören Sie!«

Er hört nicht. Hans Schwertmeister bewegt sich bereits dem Ausgang zu, langsam zunächst, doch als er die Zentrale passiert, sieht sie, wie schwer es ihm wird, sich zu beherrschen. Tatsächlich: Er beginnt zu rennen! Er stößt die Schwingtüre auf – und ist verschwunden...

Lange bleibt Anna an derselben Stelle stehen. Sie versucht nachzudenken, zu überlegen, was dieser Besuch soll. Das aufgeregte Gesicht. Und das *Es ist nicht so einfach...*

Ein paar Wochen hatte sie gesagt. Doch war sie berechtigt dazu? Und dann der Junge, diese Verzweiflung, er hatte ihr so leid getan.

Vor dem Haus summt ein Motor, heult auf, ehe der Fahrer ihn abstellt. Frei! Der Chef ist angekommen. Vielleicht hat es der Junge, dieser seltsame Hans Schwertmeister, vor ihr bemerkt?

Sie fühlt sich sehr müde und zugleich erleichtert. Frei wird das schon regeln. Er kennt solche Situationen. Und er ist schließlich ein Freund der Familie – er wird, er kann helfen! Dieser Gedanke kommt ganz automatisch. Und als sie sich dessen bewußt wird, ist ein Gefühl von Dankbarkeit in ihr, Dankbarkeit gegenüber dem Mann, der dort aus dem Aufzug tritt. Sie geht ihm entgegen. Sie erkennt die Erschöpfung unter der Sonnenbräune und auch die Zweifel in seinen Augen, die sich mit Erwartung mischen. Ihr Herz schlägt schneller.

»Hallo!« sagt er. Er winkt Iris zu. Dann nimmt er Annas Hand. »Da wären wir zwei ja mal wieder zusammen – was?«

Sie nickt. Und sie bringt keinen Ton hervor. Sie begreift den Doppelsinn des Satzes. Und als er leise hinzufügt: »Und das bleiben wir jetzt hoffentlich auch für eine Weile«, fühlt sie, wie ihr ganz warm wird...

»Was? Hans Schwertmeister war hier . . . Der Junge?«

Sie nickt nur. Das Lächeln auf Freis Gesicht ist erloschen. Er sieht sie an, dreht sich abrupt um, stürmt in die Zentrale und schaltet die Fernsehkamera ein. Auf dem Schirm erscheint das Bett in Zimmer acht. Gnadenlos zeigt die Kamera das eingefallene Gesicht, den offenen Mund des Schlafenden. Frei kontrolliert die Werte auf den Monitoren. Sie haben sich nicht verschlechtert. Trotzdem – es genügt ihm nicht. Er läuft den Gang entlang. Anna folgt ihm. Leise öffnet er die Tür. Sie treten ein. Kamera und Beleuchtung sind wieder abgestellt. Nur die Nachtlampe brennt. Frei geht auf Zehenspitzen an das Bett und blickt auf den Kranken herab, fühlt flüchtig den Puls, nickt und schiebt Anna wieder hinaus auf den Gang.

»Der Junge hat ihn nicht geweckt. – Wahrscheinlich hat der Alte ihn gar nicht bemerkt.« Er schüttelt den Kopf. »Sonderbar . . .«

»Ich habe ihn zuerst unten auf dem Parkplatz gesehen. Da stand er schon seit zwei, drei Stunden herum. Ich wollte schon den Hausmeister alarmieren.«

»Herrgott! – Jetzt bin ich extra Ihretwegen hierher gekommen. Wir hätten ja so viel zu bereden. Und nun? – Immer sind es die Probleme der anderen. Die fressen uns auf.«

Sie nickt nur. Dann fragt sie: »Was ist denn mit dem Jungen los? Wie kann der Sohn von Schwertmeister so rumlaufen? – Und warum schleicht er sich hier ein wie ein Dieb?«

»Warum? – Weil sie alle verrückt spielen! Die Väter

wie die Söhne. Weil das heutzutage Mode geworden ist. Sicher – das hat's schon immer gegeben, daß ein Junge nicht so will wie der Alte. Und was Hans schon immer am wenigsten wollte, war, das Versandhaus seines Vaters zu übernehmen. Darüber kam es zum Krach, und Hans brach sein Studium ab. Da schmiß der Alte ihn raus. Nach dem Motto ›Ich habe keinen Sohn mehr...‹

»Was sagt die Mutter dazu? Mit ihr scheint Schwertmeister doch sehr glücklich zu sein, nicht wahr?«

»Hans' Mutter? Die gibt's schon lang' nicht mehr. Die ist tot... Und glücklich? – Wissen Sie, was er mir mal gesagt hat: *Daß ich's überhaupt soweit gebracht habe, liegt nur daran, daß ich mit meiner Einsamkeit fertig werden mußte.* Für Menschen wie ihn gibt's nur dieses eine Problem, Anna.«

Sie schweigt. Sie ahnt, daß Frei damit nicht nur Schwertmeister, sondern auch sie selbst meint.

»Und was seine jetzige Frau angeht? Wie soll ein Mann wie Schwertmeister ohne Illusionen leben? Die Illusionen, in denen er hinsichtlich seiner Frau lebt, sind jedoch die gefährlichsten. Giselle Schwertmeister akzeptiert nur einen Partner: sich selbst. Und nur ein Ziel: So zu leben, wie sie sich das vorstellt. Und wie diese Vorstellungen aussehen – na, reden wir nicht davon.«

Anna schweigt. Sie denkt an den Abend, als Schwertmeister ihr den Katalog gezeigt hatte. Sie denkt an seine Worte *eine perfekte Frau, ein perfektes Geschöpf, ein perfekter Mensch...* Als ob der *perfekte Mensch* je geboren würde! Als ob es ihn jemals gegeben hätte. Und als ob man Perfektion kaufen könnte. Wenn er das glaubte, dann mußte er notwendig in den Untergang rennen. Und sein Untergang war der Krebs...

»Ich kenn' sie nicht.«

»Da hast du nichts versäumt, Gänseliesel.« – Das *Du,* das *Gänseliesel* und sein Lächeln... Es tut ihr gut, von ihm geduzt zu werden. *Aber das bringt er doch bei jedem,* denkt sie, *bei jedem, den er mag oder der ihm Sorgen macht.*

»Ich glaube, ich hab' mich da mal wieder ziemlich dämlich benommen«, sagt er plötzlich und reibt sein Kinn. »Einen ganz schönen Bock habe ich da wahrscheinlich geschossen.

»Warum?«

»Warum?« Er sieht an ihr vorbei zum Fenster. »Weil ich ein Idiot bin. Und für Idioten, die Ärzte sind, gibt's bekanntlich jede Entschuldigung. Wir haben doch immer unsere Alibis; auch ich. Ich hatte ja hundert Gründe, strikt therapeutische Gründe, Heinrich Schwertmeister über seinen Zustand im unklaren zu lassen. Und ich hab' die alle brav ausgespielt. *Es ist zu grausam. Du mußt seinen Lebenswillen wachhalten. Gerade in seinem Fall. Der Mann kollabiert doch sonst. Der erträgt doch die Wahrheit nie...* Gut, das habe ich mir gesagt. Aber irgendwie war's mir nie wohl dabei. Ich kenne ihn doch besser. Und wenn ich's mir jetzt so überlege. Seine Frau hat mir das suggeriert! Die lag mir ständig in den Ohren damit. Und ich Idiot habe brav mitgezogen. Es war ihr Spiel. Ich hätte früher draufkommen müssen. Aber ich habe ja nicht an den Jungen gedacht...«

Hastig nimmt er den Mantel aus dem Schrank, zieht ihn an, klappt den Kragen hoch. »Das verstehst du nicht? Nein?«

Sie schüttelt stumm den Kopf.

»Dann paß mal auf ... Wenn man mal Schwertmeister heißt, um was geht's denn dann? Ums Geld natürlich. Man kann es erschütternd finden, in Tränen ausbrechen – aber besser, man sieht es ganz sachlich und cool. Es ist das ewige Spiel um Macht, Geld, Profit. Solche Worte nimmt man natürlich nicht in den Mund. *Verantwortung* heißt es nach der Sprachregelung. *Wenn ein Mann wie Heinrich Schwertmeister diese Bühne verläßt*, so drücken sie es aus, *dann führt das leicht zum Chaos, Herr Professor. In einem solchen Fall sind Tausende, vielleicht Zehntausende von Arbeitsplätzen gefährdet. Was muß man also tun? Eine Auffangstellung bauen*. Ja, so haben sie das genannt. Oder besser: Dieser wiefe Rechtsanwalt hat mir das eingehämmert. – *Auffangstellung* ... hübsch, nicht? Was versteht ein Kerl wie ich schon von Wirtschaftskram? – Doch jetzt kann ich mir denken, wie diese Auffangstellung aussieht, die sie sich da zusammenbasteln. Eine Stiftung! Die Schwertmeister-Stiftung. Steuergünstig, klar. Und wieso? Zu einem einzigen Zweck: Um den Jungen um sein Erbe zu bringen! Jetzt sehe ich das ganz klar. Und ich sehe es deshalb ganz klar, weil ich erfahren habe, daß Giselles Liebhaber niemand anders ist als Ihr Anwalt. – Verstehst du jetzt?«

Sie versucht es. Doch was geht sie das schließlich alles an.

Frei registriert beides, ihre Verwirrung und ihre

Erschöpfung. Er legt seine Hand auf Annas Schulter. »Ich hab's ja gesagt. Wer läßt uns schon in Frieden? Was *Gänseliesel?* ... freut man sich mal auf was, dann knallen sie dir ein Problem vor den Kopf. Aber was nützt das? Ich muß jetzt weg, Hans finden. Das bin ich Old Henry schon schuldig. Und vielleicht erwisch' ich den Kleinen noch irgendwo. – Und was uns beide angeht, wir zwei, wir sind doch klar?«

»Was meinen Sie...«

»Frag' nicht so komisch. Du hast es doch gesagt am Telefon: Du kommst morgen zu mir. Mit Didi. Morgen nachmittag erwarte ich dich nebst Kind, Kegel und sonstigem Kram, den du so mitschleppst. Abgemacht?«

Bittend ist jetzt sein Blick, beinahe wie der eines kleinen Jungen. Und das ist es, was sie wehrlos macht. Hilfe? Davon hat er zuvor gesprochen. Anna begreift: Dies ist eine Hilfe auf Gegenseitigkeit.

»Wenn ich darf...«

»Abgemacht?«

»Abgemacht. – Und ich kann Ihnen gar nicht sagen, wie sehr ich Ihnen...«

Doch da ist er schon zur Tür hinaus.

Didi braucht bereits einen ganzen Plastiksack für seine Comic strips. Sonst jedoch ist nicht viel zu packen. Anna verstaut noch ihre alte, kleine Jugendstillampe. Unwillkürlich streicheln die Hände den Sokkel mit der bronzenen Meerjungfrau. – Verrückt, das Ding überhaupt mitzuschleppen. Doch sie liebt sie nun mal. *Mein einziger Talismann.* Um diese Lampe, das hatte sie sich immer vorgestellt, würde sie einst ein Haus bauen! – Einer der vielen Träume, die man so träumt...

Und plötzlich fällt ihr ein: Die Lampe ist der einzige Gegenstand, der sie noch mit Bernd verbindet. Damals, auf ihrer Reise nach Paris hatte sie die Seejungfrau in einem der alten Trödlerläden an der Seine gekauft und sich nie mehr von ihr getrennt.

»Was du bloß mit dem Ding hast, Mami?«

»Du hast recht...«

»Als ob der Professor keine Lampen hätte.«

»Sicher hat er welche«, sagt sie und streichelt Didis struppigen Kopf. »Aber eben nicht so eine...«

»Ist er nett, der Professor?«

»Na klar. Sonst hätte er uns doch nicht eingeladen, oder?«

»Schon...« Didi tritt von einem Fuß auf den anderen, wie immer, wenn er unschlüssig ist. »Ganz versteh' ich's trotzdem nicht. Aber wenn er einen Garten hat...«

»Er hat sogar einen Swimming-pool.«

»Und wie soll ich ihn anreden? Kann ich Onkel zu ihm sagen?«

»Ich glaube schon. Red' einfach so mit ihm, wie dir zumute ist.«

»Na, da bin ich aber gespannt...«

Den ganzen Weg hinauf zur Villa spricht Didi kein Wort. Stumm und starr blickt er geradeaus. *Ihm ist das alles nicht so ganz geheuer,* denkt sie. – *Genau wie mir. Was werden sie in der Klinik sagen? Iris zum Beispiel... Oder Tommy Herberger? – Sicher, Frei wird ihnen keine Chance geben, gegen mich zu intrigieren. Aber das Geschwätz. Ich kenn' das doch.*

Gestern war ihr alles noch so großartig, so unverhofft erschienen. Jetzt aber? Ihre Beklommenheit wächst.

Doch der Einzug in die Frei-Villa vollzieht sich ohne alle Probleme. Auf dem großen Hof steht lächelnd, rundlich, mit vielen kleinen Löckchen eine Frau in einem dunkelblauen Hauskleid. Kaum hat Anna die Wagentür geöffnet, ergreift sie schon ihre Hand und beginnt sofort in breitem, unverfälschtem Schwäbisch: »Ja, des isch aber nett. I bin Frau Giebel, die Haushälterin. Jetzt kommet Se bloß raus. Sie sind doch's Fräulein Mertens, net? Ja, bisch du a nett's Büble. Du bisch der Didi?«

Didi nickt nur. Seine Augen sind ständig in Bewegung. Das alles ist ein bißchen viel für ihn: das Bronzetor, die weiße Villa, die großen Fenster, die Garagen, diese Frau, die ihn an ihren Busen drückt.

»Wo ist er denn?« sagt er plötzlich.

»Wer denn?«

»Der Professor.«

Frau Giebel lacht laut auf. »Weg hat er müsse. Schaffe. – Er hat a Senatssitzung. Aber an dich hat er trotzdem gedacht, Büble. Guck amol dort...«

Didis Kopf dreht sich in die Richtung, in die sie mit ihrem dicken, kurzen Zeigefinger weist.

»Ein Fahrrad!« flüstert er überwältigt.

»Ja. – Das hat der Chef extra für dich b'stellt. Heut' morge habet se's bracht. Er hat ang'rufen. Bloß wegen dir.«

Doch das hört Didi alles schon nicht mehr. Er ist schon unterwegs. Anna schluckt ein bißchen. Ihr Hals wird eng. Auch für sie ist es zuviel.

»Jetzt kommet Se nur, Fräulein Mertens. I zeig' Ihnen die Zimmer.«

Die Zimmer liegen im Westflügel der Villa, über der Garage. Es sind zwei Zimmer mit freundlichen hellen Möbeln. Und genau wie Frei gesagt hatte: Auch eine kleine Kochnische ist dabei. – Vom Fenster aus sieht man blühende Rosen und einen gewundenen Weg, der zwischen Weinterrassen den Hang hinabführt. Sie atmet tief durch. Sie ist plötzlich glücklich. Sie weiß, es ist ein Glück auf Zeit. Doch was kann sie mehr erwarten?

In dieser Stimmung fällt es ihr auch nicht schwer, Irma Werneke entgegenzutreten, die in ihrem Büro neben Freis Praxisräumen gerade dabei ist, Akten zu ordnen. Sie hat sich nicht verändert. Graues Kostüm. Graues Gesicht. Grauer Knoten. Ein jüngferlicher Mund – doch die Augen sind nicht unfreundlich.

»Ach, da sind Sie ja«, sagt sie trocken.

»Ja, Frau Werneke, da bin ich. Und ich freu' mich, Sie wiederzusehen.«

Sie streckt der Sekretärin die Hand entgegen. Irma Werneke nimmt sie zögernd. Sie hüstelt, dann aber lächelt sie. »Ihren Jungen habe ich schon gesehen. Hier, vom Fenster aus. Der Herr Professor ist ja ganz verrückt nach ihm. Er hat den ganzen Morgen von ihm gesprochen. – Aber er ist wirklich ein netter Junge. Und ich glaube, es ist besser so.«

»Was ist besser so?«

»Na«, sagt die Werneke, und der nächste Satz scheint sie noch mehr Überwindung zu kosten, »daß ein bißchen junges Leben hier ins Haus kommt.«

Es läutet, als Anna gerade Didis Sachen in den Schrank räumt. Sie nimmt den Hörer ab. Irma Werneke sagt: »Einen Augenblick, Anna. Frau Schwertmeister ist dran.«

»Wer?« wiederholt sie. Sie ist zu überrascht.

Doch die Werneke hat schon umgeschaltet. Eine dunkle, angenehme, sehr beherrschte Stimme ist zu hören. »Hier spricht Giselle Schwertmeister... Schwester Anna?«

»Ja, Frau Schwertmeister.«

»Ich hoffe, ich störe Sie nicht. Ich bekam Ihre Adresse vom Klinik-Sekretariat. – Ich hätte Sie sehr gerne gesehen, Schwester Anna. Ich meine, falls das möglich ist.«

»Bitte...« erwidert Anna etwas steif und denkt: *Was will die denn von mir. Warum will sie mich sehen?*

»Ich habe auch etwas für Sie mitgebracht. Im Auftrag meines Mannes... Ich war heute nachmittag bei ihm. Und er hat schon vor ein paar Tagen deswegen mit mir telefoniert. Es ist ein Strand-Complet...«

»Das ist aber nett.« Anna hatte Schwertmeisters Versprechen ganz vergessen. Irgendwie fühlt sie sich gerührt. »Das ist wirklich sehr, sehr lieb von ihm.«

»Nicht wahr? – Wäre es vielleicht heute möglich? – Ich weiß, Sie haben später Dienst. Aber wenn Sie gerade nichts Besseres vorhaben...

Immer noch dieselbe beherrschte, gleichbleibende Freundlichkeit. Es ist schwer, sich ihr zu entziehen. Und dazu noch das Geschenk!

»Ich muß um acht in die Klinik.«

»Was halten Sie davon. Ich schick' Ihnen meinen Chauffeur vorbei? Er kann gleich bei Ihnen sein. Und dann treffen wir uns hier im Europäischen Hof, wenn es Ihnen recht ist?«

Lautlos gleitet der große Mercedes auf den Parkplatz. Anna kommt sich ein wenig deplaziert vor, als der schweigsame Hüne in der dunkelgrauen Livree, der den Wagen steuert, die Tür aufreißt. »Die gnädige Frau erwartet Sie in der Halle. Wenn ich Sie begleiten darf...«

Und da sitzt sie, die gnädige Frau! – Giselle Schwertmeister lächelt. Als sie sich nun liebenswürdig erhebt, glaubt Anna zu verstehen, was sich Schwertmeister unter Perfektion vorstellt. Wirklich, sie ist wunderbar gewachsen! Das goldfarbene Lederkostüm unterstreicht die Linien ihres Körpers, der fraulich und schlank zugleich ist. Dazu das kastanienfarbene Haar, die topasfarbenen Augen, der schön geschnittene Mund. Goldreife klirren dezent, als sie Anna ihre schmale, kühle Hand reicht.

»Wie nett, daß Sie gekommen sind! – Setzen Sie sich doch, Schwester Anna. Was darf ich Ihnen bestellen? Kaffee? Tee? ... vielleicht ein Stück Kuchen oder einen Cognac?«

»Einen Kaffee, bitte, Frau Schwertmeister.«

Giselle Schwertmeister lächelt. Die großen, geheimnisvollen Augen mustern sie. »Sie sind wirklich so, wie ich mir Sie vorgestellt habe. Wissen Sie, daß mein Mann von Ihnen schwärmt, Schwester Anna?« Sie deutet auf das Paket auf dem Sessel neben dem niedrigen Tisch. *Schwertmeister Exclusiv* steht auf dem grünen Papier. »Hier! Das Complet. Hoffentlich paßt es Ihnen. Und hoffentlich haben Sie bald die Gelegenheit, es im Urlaub zu tragen.«

»Das ist wirklich sehr aufmerksam von Ihnen.« Anna ist ein wenig verlegen. »Ich weiß gar nicht, wie ich Ihnen danken soll...«

»Das brauchen Sie auch nicht. Sie danken mit allem, was Sie für ihn tun.« Ihre Stimme ist leicht, fast ohne Betonung. Anna denkt an das, was Frei erzählt hat. Sie ist auf der Hut. Sie wartet. Und sie braucht nicht lange zu warten. »Wissen Sie, ich bin nicht der Mensch, der viele Worte machen kann. Sie kennen solche Situationen. Und Sie wissen vermutlich, was ich zur Zeit durchstehe?«

Anna nickt.

»Es ist alles so unvorstellbar... so schrecklich... Und bei der Position von Heinrich entstehen nun Probleme, an die ich vorher nie gedacht habe. Deshalb wollte ich auch mit Ihnen reden. Von Professor Frei habe ich erfahren, daß Hans in der Klinik war, sein Sohn aus erster Ehe?«

»Ja, er kam in die Station.«

»Und er ist sogar nachts in sein Zimmer eingedrungen?«

»Ja.«

Giselle Schwertmeister beugt sich etwas vor. Sie greift nach dem Cognac, der vor ihr steht. Wieder klirren die Armreife...

»Gott sei Dank hat er nicht mit seinem Vater gesprochen. Es hätte meinem Mann vielleicht den Tod gebracht. Dieser Junge! – Ach, ich möchte nicht über ihn reden. Vielleicht steht es mir auch gar nicht zu, über ihn zu urteilen. Und wer begreift schon die heutige Jugend, nicht wahr? – Ich möchte nur, daß Sie eines wissen: Er ist eine große Gefahr für meinen Mann! Vor allem jetzt ... Sie dürfen ihn deshalb auf keinen Fall zu ihm lassen. Und ich wäre Ihnen deshalb außerordentlich dankbar, wenn Sie mich sofort benachrichtigen könnten, falls er nochmals auf der Station erscheint. – Und noch etwas: Bitte, sagen Sie ihm nicht, wie es um Heinrich steht. Hans, müssen Sie wissen, ist zu allem fähig. Er haßt seinen Vater. Und jede Information, das versichere ich Ihnen, jede Information würde er so ausnützen, daß sie nicht nur meinem Mann, sondern der ganzen Familie schadet. Verstehen Sie das?«

»Ich glaube, ja«, sagt Anna langsam. »Ich glaube schon, daß ich das verstehe ...«

Das Gespräch war nur kurz gewesen. Doch die Erinnerung daran ließ Anna nicht los. Diese glatte, überhebliche Liebenswürdigkeit. Die Art, wie Schwertmeisters Frau sie angesehen und mit einer beiläufigen Handbewegung ihre Worte unterstrichen hatte. *Wir verstehen uns doch, nicht wahr*. Und das *Ja* in einem Ton, der bei aller Freundlichkeit keinen Zweifel daran zuließ, daß eine Giselle Schwertmeister daran gewöhnt ist, verstanden zu werden.

Hans, müssen Sie wissen, ist zu allem fähig ..., hatte sie gesagt.

Der Sohn, dem die Stiefmutter den Zutritt zum Zimmer des sterbenden Vaters verwehren will ... Wie die böse Stiefmutter im Märchen! Doch dies war kein Märchen. Und natürlich ging es ausschließlich um *übergeordnete Interessen*, um *Arbeitsplätze*, um die Firma. Was verstand sie schon davon? Frei kannte sich da besser aus. Sein Urteil stand fest: *Diese Frau kennt nur sich selbst!*

Sie mußte mit Frei über dieses Gespräch reden, und zwar so schnell es irgendwie ging...

Das war jedoch schwieriger, als Anna es sich dachte. Für den Professor hatte der Klinik- und Lehrbetrieb wieder eingesetzt.

An einem dieser Tage, Anna will gerade über den Garagenhof der Villa zu ihrem Wagen gehen, da fährt Frei in seinem Jaguar vor. Er steigt aus und winkt ihr zu. »Ach, Mädchen! Wir sind schon ein komisches Paar! – Ich habe mich doch so auf euch gefreut. Und jetzt? – Na, jetzt sehen wir uns noch weniger als früher, was?«

»Am mir liegt's nicht.«

»Na, an wem wird's schon liegen. Ich weiß doch... Fang' du nicht auch noch damit an.« Sein schuldbewußter Blick ist nur gespielt. Sein Gesicht wirkt sonderbar schlaff. Anna sieht mit Bestürzung seine dunklen Tränensäcke.

Er legt seine Hand auf ihre Schulter. »Wir sehen uns, Anna! Ganz bald. Und dann nur wir zwei. – Das mußt du mir versprechen. Wir können ja gemeinsam essen gehen. Oder vielleicht fahren wir sonntags mal raus, nicht wahr? – Was macht denn Didi?«

»Der büffelt. Die neue Schule macht ihm Spaß.«

»Hat er schon Freunde gefunden?«

»Hoffentlich.«

»Die soll er hier ruhig raufbringen. Ich werde mit der Bande Fußball spielen.« – Sein Grinsen soll die alte Freische Zuversicht vermitteln, doch es wirkt dünn und gekünstelt.

Annas Unbehagen wird stärker. Sie zögert und will sich schon verabschieden, als ihr das Gespräch mit Giselle Schwertmeister einfällt. »Übrigens, ich habe Frau Schwertmeister getroffen. Oder besser, sie hat mich zu einem Kaffee in den Europäischen Hof gebeten.«

»Ach nein!« Seine Augen werden schmal. Und sein Blick wird wachsam. »Und weiter? ... soll ich dir's sagen? Sie hat gesagt: *Schwester Anna, ich dank' Ihnen ja so sehr für alles! Wie wunderbar Sie sich doch um meinen Mann kümmern ... Nur bitte, tun Sie mir noch einen einzigen, kleinen Gefallen. Sobald mein Stiefsohn nochmals auftaucht, hetzen Sie die Hunde auf ihn ...* Stimmt's?«

»Ziemlich genau.«

Sein Blick wird hart. »Mit mir hat sie auch gesprochen. Und ihren feinen Anwalt hat sie gleich mitgebracht. Mein Gott, was sind das bloß für Menschen! Die können sich nicht vorstellen, daß es einen Jungen gibt, der vor dessen Tod noch einmal seinen Vater sehen und sich mit ihm aussprechen will, um seinen Frieden mit ihm zu machen ... Diese Leute kennen nur sich ... und das Geld! Die denken nur an ihren großartigen Coup, mit dem sie sich alles unter den Nagel reißen wollen. Und jetzt haben sie Angst, im letzten Augenblick könnte Hans ihnen noch einen Strich durch ihre Rechnung machen. – Ausgerechnet Hans ...«

»Was macht er eigentlich?«

»Hans? Er lebt mit ein paar ähnlichen Typen auf einem Bauernhof. Er züchtet Gemüse und Hühner. – Ein Grüner, so heißt das doch heute. – Ganz offensichtlich sind ihm die Hühner wichtiger als die ganze Schwertmeister AG... So ist das. Die meisten machen sich verrückt wegen Geld. Bei ihm läuft's umgekehrt. Eine Art Geldphobie... Na, wundert dich das?« Er lacht kurz und verbittert auf.

Sie schweigt. Sie sieht Hans Schwertmeisters Gesicht vor sich: die Schweißperlen, seine flehenden Augen. Dann denkt sie an den alten Mann in Zimmer acht. Sie fühlt sich plötzlich elend. Sie alle quälen sich so. Wofür eigentlich? Wo ist das Ziel? Wo der Sinn? Was steht am Ende der ganzen Plackerei? Krebstod? Streit und Alleinsein?...

Die Parkplätze vor der Schule sind alle belegt. Auf dem Betonstreifen wimmelt, krakelt, lacht und hüpft es: Kinder. Zu zweit, zu dritt, in Gruppen, auf Fahrrädern, die älteren bereits mit Mopeds. Dazu hupende Autos, winkende Mütter. Wo ist nur Didi? Drüben am Eingang sieht sie ihn nicht.

Anna fährt noch langsamer. Sie dreht den Kopf seitwärts. Da drüben am Zaun sieht sie einen roten Anorak mit blauen Streifen. Dazu die weiße Mütze. Es ist Didi! Er steht mit dem Rücken am Zaun, umringt von einer ganzen Kinderschar.

Irgendwas stimmt da doch nicht... Sie fährt den VW auf den Bürgersteig, reißt die Tür auf. Eine dicke Frau fuchtelt empört mit der Hand in der Luft herum. »Entschuldigen Sie!«

»Was heißt hier Entschuldigung? Sehet Se denn net das Halteverbotsschild?«

Zum Teufel mit dem Halteverbot! Anna rennt los. Und tut recht daran. Die prügeln sich doch tatsächlich. Da, der Dicke, der Junge mit dem Polohemd, hebt die Tasche in die Luft. Er ist ja wahnsinnig. Er schlägt Didi die Tasche über den Kopf.

»He!« schreit sie bereits von weitem.

»He! Laßt das gefälligst!«

Keiner beachtet sie. Die Kinderstimmen sind hoch und grell wie kleine widerwärtige Sirenen.

Am lautesten aber schreit Didi. »Blödmänner!« schreit er. »Idioten! Verdammte Blödmänner!«

»Ha-ha! Ausgerechnet du! Selber Blödmann!«

»Ihr seid die Blödmänner.«

Anna macht nicht viel Umstände. Sie schnappt sich den, der Didi geschlagen hat, schüttelt ihn ein wenig durch, schiebt zwei andere zur Seite und blickt in das fleckige, tränenverschmierte, sommersprossige Gesicht ihres Sohnes. Angst hat er nicht. Auch nicht vor ihr... Nein, nur Zorn, schieren, erbitterten Zorn sieht sie in seinem Gesicht. »Du? Was willst du denn, Mami?«

»Was ich will? Na, das erzähl' ich dir gleich...«

Sie nimmt ihn am Ärmel und zieht ihn zum Wagen. Einige der Kinder laufen ihnen nach. Plötzlich steht ein kleines Mädchen neben Anna und hält sie an der Jacke fest. »Hören Sie mal! Stimmt das wirklich?«

Sie schiebt Didi in den VW, setzt sich selbst hinein und sieht die neben dem Wagen stehenden Kinder an.

»Was ist denn mit euch überhaupt los? Und was soll wahr sein?«

»Na, daß ... daß Didi 'nen Vater hat? Und daß Didis Vater die Chinesen kuriert?«

»Was? Wen kuriert?«

»Die Chinesen ...«, kommt es zurück.

»Fahr doch, Mami!« schreit Didi.

»Chinesendoktor! ... Chinesendoktor! ... Chinesendoktor!«

Wie das Gekreisch kleiner Affen klingt es. Sie weiß nicht mal warum – doch sie fängt an zu kichern. Vielleicht aus Nervosität, vielleicht auch aus Verwirrung. »Didi, nun sag doch ...« Aber Didi schweigt.

Auf dem ganzen Rückweg sagt er kein Wort. Anna kann ihn fragen und drängen soviel sie will, Didi starrt stur geradeaus. *Chinesendoktor* ... denkt sie. *Herrgott!*

Und dann, als sie gerade die letzte Biegung erreichen und auf die Einfahrt der Villa zusteuern, da bricht es endlich aus ihm heraus. »Ich sag' dir nie mehr was!«

»Was soll denn das? Warum denn nicht?«

Seine Stimme ist schrill. »Nicht mal, wenn ich ins Bett pinkle, wie damals bei Oma, sag' ich's! Und ich sag' dir auch nicht, ob ich gut bin in der Schule oder nicht ... Nie mehr – nie mehr sage ich dir was!«

Sie hält den Wagen an und wendet sich ihm zu. Sie umfaßt seine Schultern. Er zittert. »Hör mal, was ist denn mit dir los, Didi? Was soll das alles? Was bedeutet die Geschichte mit dem Chinesendoktor, um Gottes willen? – Und warum willst du mir in Zukunft nichts mehr erzählen?«

»Weil du mir auch nie was sagst!«

»Was meinst du damit?«

»Du erzählst mir nie was von meinem Vater. Und er ist doch ein Chinesendoktor! Das weiß ich von Frau Werneke und die weiß es vom Professor. – Die andern Kinder geben alle so mit ihren Papis an! Aber ich hab' auch einen! – Jawohl! Stimmt! – Und keiner von denen ihren Papis war jemals in China! Als Doktor...«

Sie nimmt ihn in die Arme. Es dauert lange, bis sie ihn fragt: »Denkst du oft an deinen Papi?«

Er schweigt.

»Hör mal, denkst du oft an ihn?«

»Immer.«

»Warum sagst du's mir dann nicht?«

»Weil du ja auch nicht von ihm redest.«

Nie von ihm redest...?

Sie sieht seine dunklen Augen und die Tränen, die über sein Gesicht fließen und es noch mehr verschmieren. Seine Stirn und der trotzige Mund. Für einen Augenblick glaubt sie, nicht das Gesicht ihres Kindes, sondern Bernds Gesicht zu sehen.

»Oh, Didi! – Mein kleiner, armer Didi... Du hast ja recht. Es ist ja wahr. Über alles haben wir geredet – nur nicht über deinen Papi. Nicht wahr?«

Er nickt.

Papi... Sie wiederholt das Wort bei sich und hält ihren Jungen dabei fest. So einfach geht es doch nicht. Sie hat versucht, durch Schweigen zu vergessen. Aber jetzt erkennt sie, daß gerade das, was man in Schweigen hüllt, wie eine Naturgewalt sich Gehör verschafft...

Bernd – denkt sie und findet ihn wieder im Gesicht ihres Kindes. *Ich war idiotisch*, denkt sie. *Ignorant und egoistisch war ich. Als ob man die Sehnsucht nach dem Va-*

ter in eine Kammer sperren und den Schlüssel wegwerfen könnte. Dieses Schweigen über Bernd war mehr als ein Fehler. Es ist unverzeihlich. Es ist eine Sünde an meinem Sohn.

»Wir werden in Zukunft über ihn sprechen«, verspricht sie hastig. »Und dann kannst du alles fragen, was du wissen möchtest, Didi. Alles, was du willst. Wir werden uns nach ihm erkundigen, was? Er muß hier in Heidelberg doch noch Freunde haben. Und die werden wir fragen. – Er ist nicht in China, er ist in Kambodscha. Kambodscha liegt ganz nahe bei China. Dort hilft er den Menschen. Und das sind die Ärmsten auf dieser Welt, glaub' mir. Und du hast ganz recht: Du brauchst dich nicht zu schämen! Du kannst wirklich stolz auf deinen Vater sein!«

Für den Augenblick scheint Didi zufrieden. Doch ein Rest von Zweifel bleibt auf seinem Gesicht erhalten...

Jeden Tag das gleiche: Die letzte Kurve. Dann das Rondell an der Bushaltestelle. Links der Milchladen mit seinem Kiosk. Und schließlich der Platz, auf dem vier junge, kümmerliche Kastanienbäume verlassen herumstehen. Und dann die Klinik!

Schwarz steht sie vor einem schnabelgelben, gewitterträchtigen Abendhimmel, dessen krankes Licht noch einmal die Nacht zurückzudrängen sucht.

Ja, auch die Klinik wirkt heute fremd: Eine Betonburg, die mit dem bläulich-weißen Licht, das aus den Fenstern dringt, die Dämmerung verletzt.

Am liebsten würde Anna umkehren. Aber das

geht nicht, obwohl sie sich doch selbst krank fühlt. Wenn nur irgend etwas geschehen würde. Doch was? Wenn wenigstens das Gewitter losbrechen würde...

Als sie über die Rampe läuft, umfängt sie die Schwüle wie ein Mantel. Aus den Büschen weht ein stickig-süßlicher Duft herüber. Jasmin vielleicht – ja, Jasminduft vermischt mit Asphaltgestank und dem Geruch der nahen Wäscherei. Trotzdem: Das bißchen Jasmin genügt, um Träume zu wecken... und plötzlich hört sie Töne, klare, schwebende Lautfolgen. Anna bleibt stehen und lauscht. Zunächst glaubt sie an eine Täuschung. Das war doch... Ja, eine Flöte... Nun wieder. Wer spielt denn da? Die Melodie schwebt klar und kristallrein zu ihr herüber, beinahe wie eine Botschaft aus einer anderen Welt...

Sie geht über den Plattenweg, zwischen Tulpen und Fliedersträuchen hindurch zum Parkplatz, von wo die Musik kommt.

Er sitzt an derselben Stelle, wo er auch beim ersten Mal gesessen hat. Als er sie sieht, steckt er die Flöte in die Tasche und erhebt sich langsam. »Hallo!«

»Guten Abend.«

»Ich habe auf Sie gewartet. – Schön, daß Sie da sind.«

»Wirklich?«

Das schüchterne Lächeln des jungen Schwertmeister steht im Gegensatz zu seinem lässig-coolen Ton.

»Ich habe Sie spielen hören«, lächelt sie, um ihm die Befangenheit zu nehmen.

»Gefällt es Ihnen?«

»Ja.«

»Und? – Meinen Sie, ihm würde es auch gefallen?«

»Ihrem Vater? Sicher. Ich glaube schon.«

»Dann kann ich heute zu ihm?«

Sie nickt. Und dann legt sie ihm die Hand auf die Schulter. »Natürlich können Sie zu ihm, Hans. Warum haben Sie beim letztenmal nicht gleich gesagt, wer Sie sind? – Ich habe übrigens mit Professor Frei gesprochen.«

»Ich auch.«

Und dann im Aufzug, als er vor ihr steht, ohne sie anzusehen, sagt er leise: »In dem hab' ich mich ziemlich getäuscht.«

»In wem?«

»Ich meine in Frei. Ein prima Typ. – Ich glaube, der ist wirklich ein Freund. Wenn die alle so wären wie er...«

...alle? Meint er seine Familie? – Doch sie fragt ihn nicht danach.

»Was verstehen die denn schon? Die wollen meinen Vater doch nur betrügen. Das haben sie immer getan. Aber er hat es ja nie kapiert... Selbst jetzt, da er im Sterben liegt, belügen sie ihn noch. Und warum? Weil sie nicht genug bekommen können.«

Seine Stimme ist ganz leise, und er sieht Anna auch nicht an. Er spricht wie zu sich selbst. »Aber das gehört ja wohl dazu. Das ist das System, in dem sie denken. Sollen sie doch dabei glücklich werden. Von mir aus können sie doch alles haben. Die ganze Kohle, das Werk oder was ihnen sonst noch wichtig ist. Bitte, von mir aus gerne... Da gibt es ein altes Sprichwort aus Japan: *Mit dem Geld, da wirst du zum*

Drachen, und ohne Geld bist du ein Wurm der Erde. Ich bin gerne ein Wurm der Erde. Aber die kapieren ja nichts... Wissen Sie, denen fällt dazu nichts weiter ein, als zu sagen: *Der Junge ist total verwahrlost.*«

Er wirft ruckartig den Kopf zurück und starrt sie an. Und dann wiederholt er: »*Verwahrlost!* Die glauben, wenn man arm ist, müsse man verwahrlosen... Da täuschen die sich gewaltig. Denn wissen Sie was? Es ist genau umgekehrt. Die sind nämlich verwahrlost! In ihrer Geldgier sind die seelisch vollkommen verwahrlost! Krank sind sie davon geworden. Und nicht nur Giselle und ihr Freund Hauk. Viele, fast alle sind heute krank...«

Anna schweigt. Was soll sie auch antworten... Der Aufzug hält, die Tür öffnet sich. Sicher wäre es besser, Schwertmeister auf diesen Besuch vorzubereiten. Aber vielleicht hat Frei das ja schon getan? Vielleicht wartet Schwertmeister ja schon. Das hier geht nur ihn an, diesen Jungen mit den nachdenklichen Augen und dem mageren Gesicht; und seinen Vater.

Jetzt lächelt Hans sogar. »Wiedersehn«, sagt er. »Und vielen Dank, Schwester...«

Doch er läßt den Blick auf ihr ruhen, so, als habe er noch etwas auf dem Herzen. Doch dann nickt er nur und geht.

Anna sieht ihm nach, wie er sich einem Schatten gleich durch den schimmernden, lichtstrahlenden Gang vorwärtsbewegt. Er geht vornübergebeugt, seine Fäuste stecken tief in den Taschen seines Parka.

Ihr Lächeln erlischt.

Da steht die Rollbahre, die Bahre mit den Chromringen am weißen Emaillegestell. Jedesmal ruft dieser Anblick dasselbe Gefühl von Beklemmung und unbestimmtem Zorn in ihr hervor. Die Bahre erfüllt auf der Station nur einen einzigen Zweck: Mit ihr werden die Gestorbenen nach unten in die Leichenkammer transportiert.

Sie ist gerade benutzt worden. Am Kopfende liegt noch das braune Stützkissen aus Plastik.

Wer? denkt sie.

Aber sie glaubt, es bereits zu wissen.

Sie hängt den Mantel in den Schrank und zwingt sich zur Ruhe. Dann geht sie zum Dienstzimmer; die Tür ist halb geöffnet. Kaffeeduft strömt ihr entgegen. Stimmen...

Anna zögert. Das ist Lisbeth, die diensthabende Schwester der Tagesschicht. Was tut die denn noch hier? Und die andere Stimme, die jetzt sagt: »Na, ich hab' mir's ja gleich gedacht«, gehört Iris.

»Was hast du dir gedacht?«

»Na, eine vierziger Spritze Morphium...«

»Die hat doch jeden Tag vierzig Milligramm gekriegt.«

»In den letzten Tagen nicht mehr. Tommy Herberger hat die Dosis reduziert. Tommy glaubte, das macht der Kreislauf bei der Alten nicht mehr mit.«

Anna steht da, ohne sich zu regen. *Also doch...*

»Bei der machte doch überhaupt nichts mehr mit, Iris. Das ging doch wirklich nicht so weiter mit der armen Frau.«

»Na, jetzt hat sie's gehabt, ihr Zuckerle.«

Zuckerle. – Das Wort versetzt Anna einen Stich.

»Es ist wirklich am besten so. Wir brauchen schließlich das Bett.«

Anna hat Mühe zu atmen. Ihre Gedanken kreisen im Leeren. Sie hat davon gehört, doch nie so richtig daran geglaubt.

Sterbehilfe. Euthanasie... Der Tod der Barmherzigkeit! – So große Worte gab es dafür; so schöne Worte... Schon in der Schwesternschule hatten sie darüber gesprochen, was das beste, welche die humanste Lösung sei, wenn... wenn ein Körper nichts mehr ist als ein Behälter für Schmerz, wenn Augen nur noch flehen, wenn die Nervenbahnen nur noch der Weitergabe von Qualen dienen, wenn Verstand und Bewußtsein in dieser Hölle ertrinken...

Das *Zuckerle.* Auf eine schreckliche Art paßte dieser Ausdruck zu diesen adretten, pünktlichen, sauberen, pflichtbewußten Schwäbinnen. Die hielten auf Ordnung! – Krebs im Endstadium, ein ohnmächtiger, nutzloser, verbrauchter Körper, so was ist gegen das Schema. Ihm wurde geholfen. Er wurde beseitigt. Zimmer neunundzwanzig ist wieder aufnahmebereit! – Emma Waidle aber kann von der Liste der Patienten gestrichen werden.

Ich geh' ja nicht weit... hört sie die schwache Stimme der alten Frau, die sie so geliebt hat. *Ich geh' doch nur zu Jakob und dem Kleinen...*

Exitus nach Verabreichung von vierzig Milligramm Morphiumhydrochlorid!

Weißt Du, Liz, so schlimm ist es überhaupt nicht... Du, dort in Amerika, habt ihr dort Blumen im Garten?

Sie stößt die Tür weit auf. Ihre Augen schmerzen. Sie kann sich nicht beherrschen und sagt doch nichts. Haß ist in ihr. Und es ist ein ohnmächtiger Haß. Sie blickt in das runde, ausdruckslose Gesicht der Schwäbin. Die Schwesternhaube leuchtet darüber. Das braune Haar ist straff und korrekt unter den Rand gesteckt. Kraftstrotzend wie stets, ein bißchen müde vielleicht, aber doch noch voll von Plänen für den Rest des Abends, den Lisbeth gewiß putzmunter überstehen wird. Angesichts von so viel Selbstsicherheit fühlt Anna sich hilflos.

»Ach, da bist du ja, Anna. Möchtest du einen Kaffee? Ich bin noch dageblieben. Die Frau Waidle ist nämlich...«

»Ich weiß«, sagt Anna. »Das Zuckerle...«

Schwester Lisbeths Mund öffnet und schließt sich. Das geht ganz schnell. Doch sie sagt nichts. Die dunklen Augen sind aufmerksam.

»Es war doch das Beste so.« Es ist Iris, die spricht.

»So? Das Beste? – Sind wir hier eine Sterbeklinik?« – Der Satz steht im Raum. Schweigen. Iris blickt auf ihre Nägel.

»Jede Klinik ist das.« Lisbeths Stimme hat den netten, gemütlichen Ton verloren. Die Worte sind klar, fast ohne Betonung. Und sie setzt in derselben langsamen Weise hinzu: »Jede *gute* Klinik jedenfalls.« – Sie lächelt jetzt sogar. Und nichts mehr von resoluter Tüchtigkeit ist in ihrem Gesicht. Nur noch Erschöpfung und Resignation...

Die Tür zum Zimmer sechsundzwanzig steht offen. In dem Plastikbehälter am Boden häuft sich die Wäsche: Leintücher, Kissenbezüge. Blut- und Speichelspuren sind darauf zu erkennen. Die letzten Zeichen eines erloschenen Lebens. Der Boden des Zimmers ist moosgrün, Wände und Decke sind in einem zarteren Grün gehalten. Grün – die Farbe des Trostes, die beruhigende, die ausgleichende, die heilende Farbe. Wie oft hat sie dieses Grün mit Blut bespritzt gesehen! Blutdurchtränkte Operationstücher. Blutflecken auf den Mänteln im OP.

Anna setzt sich nieder. Weinen kann sie nicht. Trocken sind ihre Augen, trocken ist auch der Mund. Und sie wollte doch dabei sein. Sie hatte es sich vorgenommen. *Nicht geschafft. Auch das nicht...*

Am Fenster zuckt es bläulich auf. Das Gewitter kommt näher. Noch ist es nur Wetterleuchten, kein Donner ist zu hören. Und die Stille erscheint ihr lauter als alle Geräusche.

Sie hat sich eine Zigarette angezündet, doch schon nach dem ersten Zug drückt sie sie wieder aus und steht auf. *Es muß ja irgendwie weitergehen...*

Heinrich Schwertmeister liegt ganz still da: Daß er atmen kann trotz der Schmerzen, macht ihn zufrieden.

Blitze zucken und erleuchten für Bruchteile von Sekunden das ganze Zimmer. Heinrich Schwertmeister sieht dieses gespenstische Leuchten. Und doch erreicht es ihn nicht.

Alles ist Atem! – Das hat er irgendwo gelesen. Und es stimmt. Wenn man acht gibt, kann man es verfolgen, dieses silberne Sauerstoffgeriesel, das sich über die Bronchien in die Lungen verteilt. *Der alte Blasebalg funktioniert noch! Und was er bringt, hält dich am Leben. Zug um Zug. Laß die da draußen doch schießen! – Leuchtkugeln? Bomben? – Nein, ein Gewitter... Na, laß doch. Ist ja egal...*

Ob Gewitter oder Krieg – für Heinrich Schwertmeister macht das keinen Unterschied mehr. Was um ihn herum geschieht, ist nicht mehr seine Wirklichkeit.

Jedesmal wenn das Licht die Schatten der Schläuche und Kabel, die ihn mit den Geräten verbinden, an die Wand zeichnet, erhält er erneut die Bestätigung dafür: *Die haben dich gefesselt! Lahm gelegt haben sie dich! Ausgeschaltet ... Und wie lange schon?* Die Tage zählen nicht mehr ...

Sie haben ihm die Freiheit genommen. Sie haben ihn betrogen, beschissen, reingelegt ... Und weil das alles noch nicht ausreicht – auch noch gefesselt! Sie wollten ständig seine Unterschrift, hatten von riesigen Verlusten gefaselt, von neuen Körperschafts- und Abschreibungsregelungen. Und am Ende stand ihre Lösung: die *Stiftung*. Sie behandelten ihn, als sei er bereits gestorben ... sein eigenes Denkmal. Seinen Namen wird die Stiftung tragen. Für Giselle und diesen eiskalten Lumpen von Anwalt ist gerade noch der Name wichtig. Der Rest muß beseitigt werden. Er selbst ...

Schwertmeister stöhnt. Nicht die Schmerzen, der Haß ist es.

Es gibt noch den Jungen. Doch was ändert das? Ein Lebenswerk hatte er aufbauen wollen, in andere Hände übergeben.

Und dann – dann waren keine Hände da ...

Jetzt wird es so hell, daß er die Augen schließen muß ... Es ist wie damals. Genau wie damals ...

Damals, da hatten die Amis ihre Christbäume über Mannheim abgeworfen. Und dann kamen die Bomben ... – Das Haus der Eltern ein Trümmerhaufen. Doch das Grundstück, das konnten sie mit ihren Bomben nicht wegwischen. Das blieb. Er hatte zuerst die Baracke draufgestellt. – Und im selben Jahr, als er Else heiratete, da kam ihm die Idee mit dem Bettwäsche-Versand. Lange Tische hatte er gekauft, und Else stand dort und packte. Und als sie zehn Jahre später den Jungen erwartete, stand sie noch immer dort mit ihrem dicken Bauch und überwachte die Packerinnen. Niemand, keine zehn Gäule hätten die Else aus ihrer Packhalle herausgebracht. Krankfeiern ... das gab es überhaupt nicht ...

Else starb bei der Geburt. – So erlebte sie den grandiosen Aufschwung der westdeutschen Wirtschaft und der eigenen Firma nicht mehr. Schwertmeister in allen Städten! In Hamburg, Frankfurt, München, Augsburg, Berlin. – Das Wappen mit den gekreuzten Schwertern über einer Kette eigener Filialen. Schwertmeister, der nicht nur Bettwäsche anbietet – nein, alles, was der Mensch so braucht: von der Skiausrüstung bis zum Videorekorder und Pelzmantel.

Else ... denkt er. *Wenn es die Else noch geben würde, dann wäre das alles ganz anders gekommen. Dann läge ich nicht hier.* Erotisch hatte sie ihm nie gefallen. Sie war so schwerfällig gewesen. Aber ihre Augen ... Jedenfalls hätten sie ihm nicht in dieser Weise das Fell über die Ohren gezogen, wenn die Else noch da wäre ...

Und auch er, auch er wäre bescheidener geblieben.

Natürlich hatte er für seine wirtschaftlichen Leistungen und den Aufbau eines internationalen Versandhaus-Imperiums mit Niederlassungen und Produktionsstätten in der ganzen Welt das Bundesverdienstkreuz erhalten. Von niemand anders verliehen als vom ehemaligen Wirtschaftsminister und späteren Bundeskanzler Erhard selbst, dem Schöpfer des Wirtschaftswunders.

Diese Auszeichnung gab es für *Pionierleistungen auf dem Gebiet der Produktion in Billigländern.* Damals schon, als er das erste Mal in Taiwan war, hatte er Giselle getroffen. Sie kam abends in dic Bar des dortigen Sheraton. Sie trug ein goldenes Kleid und lächelte ihn an. *Sie sind das also! – Genauso habe ich Sie mir vorgestellt, Mr. Schwertmeister...* Und das Kleid umfloß ihren aufregenden Körper. Abends in seiner Suite, als er sie genüßlich davon befreite, war ihm eingefallen, daß ein solches Kleid nicht mit einem Diagonalverschluß geöffnet werden sollte. Das hatte er ihr auch gleich erklärt... Sie hatte ihn nur ausgelacht. Damals schon. Sie hatte immer nur gelacht. Und sie lacht auch jetzt noch.

Else hatte ihn schon damals vor Selbstüberschätzung gewarnt. *Aber ich mußte natürlich alles aufs Spiel setzen – und alles habe ich verloren. Auch den Jungen, Else! Doch den werd' ich mir holen. Den können sie mir nicht nehmen... Die können mich hier nicht einfach festhalten. Und schon gar nicht fesseln! – Der Junge ist einfach weggegangen, Else. Schön, wir hatten Krach damals, als Hans aus dem Internat kam, und keiner von uns war bereit einzulenken. Da ist er halt gegangen und wollte nichts mehr von mir wissen... Er lebt jetzt auf dem Dorf und spielt Flöte. Aber das ist mir jetzt ganz egal... Heute war er bei mir, und das war gut. Deshalb muß ich jetzt zu ihm – weil er der einzige ist... Ich muß zu ihm...*

Füße anziehen! Die verdammten Schläuche... Oh, wie weh das tut. Trotzdem... ich will hier raus – zu Hans. Die Schmerzen... Das ist doch nichts Neues...

Die Füße hat er bereits auf dem Boden. Er schließt die Augen. Blitze zucken. – *Laß doch! Laß es blitzen, laß es donnern... Nur raus hier! – Hans! Ich komme! Muß mit dir reden, Junge! – Hans...*

Heinrich Schwertmeister ist aufgestanden. Er hält sich zwar noch am Bett fest, aber er steht. Er keucht. Er braucht jetzt viel Luft. Blut rinnt seinen Arm hinunter. Er reißt sich die restlichen Sensoren vom Körper und wirft das Kabelgewirr zu Boden. – Heinrich Schwertmeister steht im zuckenden Licht des Unwetters – steht da und lacht.

Und lachend dreht er sich um, lachend tapst er weiter. – Er hält sich am Bettkasten fest. – *Vorsichtig, Alter. Klappt ja... Geht mit jedem Schritt besser!*

Die Tür. Die Notbeleuchtung wirft ihren Schein auf sein totenbleiches, schmerzverzerrtes, entschlossenes Gesicht.

Schritt für Schritt nähert sich Heinrich Schwertmeister der Tür...

In dieser Nacht, vom elften auf den zwölften September, brausen Sturmböen über Heidelberg hinweg. Dächer werden gleich dutzendweise abgedeckt. Die Stromversorgung kommt teilweise zum Erliegen. In einer Garage in der Rohrbacherstraße sterben zwei Gastarbeiter unter den Trümmern eines einstürzenden Glasdaches. Unablässig treiben Alarmmeldungen aus allen Teilen der Stadt Feuerwehr, Notdienst und Polizei zu neuen Einsätzen.

Auf der A 5 aber, auf der Höhe von Eppenheim, kurz vor dem Autobahnkreuz Heidelberg, kommt es infolge von Aquaplaning zu einem Massenzusammenstoß von Fahrzeugen, der vier Todesopfer und siebzehn Schwerverletzte fordert.

Abgeschirmt von dem Aufruhr der Natur, isoliert wie auf einer Insel, bemüht sich das Personal der Station vier der Wartberg-Klinik verzweifelt um sechs Opfer dieser Katastrophe...

So geschieht das Unbegreifliche. Niemand in der Überwachungs-Zentrale bemerkt, was in Zimmer acht passiert. Eine der Hilfskräfte ist es, die schließlich bemerkt, daß der ständige Informationsstrom aus Zimmer acht unterbrochen ist. Der Monitor ist schwarz! Die Datenanzeigen sind ausgefallen. Kein Zeiger, der sich bewegt.

»Iris, schau doch mal her!«

»Was soll 'n das?« flüstert Iris erschrocken.

»Vielleicht hat der Blitz eingeschlagen.«

»Aber die anderen Geräte arbeiten doch!«

»Trotzdem. Bei so 'nem Wetter ist doch eine Störung möglich.«

Das weitere Gespräch hört Anna nicht mehr. Sie rennt, wie von Furien gejagt, zu Schwertmeisters Zimmer hinüber... Die Tür steht offen!

Sie betritt den Raum und atmet tief durch. Das große Spezialbett steht auf seinem Drehsockel: leer... Kopfkissen, Tücher – alles liegt am Boden. Schwertmeister ist nirgends zu sehen! Vielleicht ist er verlegt worden? Nein... Da ist ein Stuhl umgefallen, als habe jemand ihn umgestoßen. Und sämtliche

Kabeln und Schläuche liegen am Boden. – Das alles sieht aus, als sei jemand hereingestürmt, um den todkranken Millionär zu entführen. – *Blödsinn!* sagt sie sich. *Eine völlig abwegige Vermutung... Aber was dann?*

Anna wird es kalt. Angst steigt in ihr auf, eine furchtbare Angst. Sie läuft auf den Gang hinaus. Gerade kommt Tommy Herberger angerannt.

»Schwertmeister ist verschwunden!«

Er steht da und blickt sie an. Dann schüttelt er den Kopf und geht ins Zimmer. Seine Augen werden immer größer. »Das gibt's doch gar nicht!«

»An der Zentrale ist er nicht vorbeigekommen.«

»...vorbeigekommen?« sagt Dr. Thomas Herberger. »Was soll 'n das heißen, Anna?«

»Machen Sie sich doch selbst einen Reim darauf, Herr Doktor.«

»Die Verbindungsbrücke zum Treppenhaus...«, sagt Tommy Herberger plötzlich.

Anna hört es kaum. Sie hat bereits dieselbe Überlegung angestellt. Sie verläßt das Zimmer und läuft zum Aufenthaltsraum hinüber. Hier beginnt der Verbindungsgang zum Nachbargebäude.

In der Verbindungsbrücke zum Haus B macht sie eine neue Entdeckung: Die schwere Stahltür des Nottreppenhauses steht halb offen. Sie stößt sie ganz auf. Dunkel ist es hier... so dunkel... Wo ist der Schalter?

Das Licht geht an: Anna blickt auf betongrauen, düsteren Beton... Kisten stehen an den Wänden.

»Hallo!« – Sie kann kaum sprechen. »Herr Schwertmeister!« Es erscheint so unsinnig, in dieser

Umgebung seinen Namen zu rufen. Aber warum stand denn das verdammte Ding von Tür offen?

»Herr Schwertmeister!«

Ihre Stimme hallt von den kalten Betonwänden des Treppenhauses zurück. Dann ertrinkt sie im Donner. »Herr Schwertmeister!« – Vorsichtig geht sie weiter – und fährt zusammen, als habe einer der Blitze sie gestreift. Da war doch eine Bewegung... hinter den Kisten, am Treppenabsatz...

Und da sieht sie ihn! Und erschrickt bis ans Herz. – Sie hat Schwertmeister bisher nur im Bett gesehen... Was sie jetzt vor sich erblickt, ist nichts weiter als eine bemitleidenswerte, jämmerliche Gestalt in einem schlotternden Schlafanzug, die sich mit letzter Kraft an einer Kiste festhält. Das große Gesicht ist seltsam teigig, die Augen darin starren wie dunkle Löcher...

»Mein Gott«, flüstert Anna. »Bitte... Was tun Sie denn hier?« Und dann sagt sie so ruhig, als es ihr möglich ist: »Herr Schwertmeister, bitte! – Sie müssen doch ins Bett. Das geht doch nicht...«

Ihre Worte kommen ihr selbst hilflos und töricht vor. Schwertmeister antwortet nicht. Er sieht sie nur an. Nun dreht er sich um, schwankt, versucht sich wieder festzuhalten... In diesem Augenblick kommt Tommy Herberger angerannt, erfaßt sofort die Situation, rennt weiter und schreit: »Schwertmeister, machen Sie keinen Blödsinn! Bleiben Sie stehen!« – Doch Heinrich Schwertmeister bleibt nicht stehen.

Er kann sich kaum noch auf den Beinen halten. Er stützt sich mit beiden Händen gegen die Mauer und arbeitet sich bis zur Treppe und von dort aus zum Fenster vor... Und dann hören sie den Schrei, der das Herz aussetzen läßt. »Ihr nicht... ihr Schweine... Von euch kriegt mich keiner – keiner...«

»Schwertmeister!«

Das Fenster reicht bis auf den Boden. Als Heinrich Schwertmeister es, dem Wahnsinn nahe, aufreißt, heult ihm der Sturm entgegen und wirft den kranken Mann beinahe auf den Rücken. Aber dieser fängt sich...

Noch lange wird Anna diese Szene unauslöschlich in Erinnerung bleiben. – Aber was dann geschieht, sieht sie nicht mehr. – Sie sieht nicht, wie Schwertmeister sich über das Geländer stürzt, ohne ein weiteres Wort zu sagen...

Auch Tommy Herberger ist sprachlos vor Entsetzen. Er steht, die beiden Fäuste auf das Geländer gestützt, mit flatterndem Mantel da und starrt in die Tiefe.

Anna begreift, ohne zu denken. Sie stolpert über Treppen und Absätze, schlägt sich den Arm an der Sprinkler-Anlage auf, rennt weiter. Als sie die schwere Außentür aufstößt, kommt es wie mit Kübeln über sie. Der Wolkenbruch durchnäßt sie in einem Augenblick bis auf die Haut.

Als sie sieht, was geschehen ist, bleibt sie stehen. – Vor ihr am Boden liegt er wie eine sonderbare, nutzlose, weggeworfene Puppe...

»Komm, versuch's doch wenigstens mal, Anna! Das tut gut.«

Iris hält ihr die Cognacflasche entgegen. Sie macht sich gar nicht erst die Mühe, nach einem Glas zu suchen. »Mein Gott! Was für eine Nacht! – Na, komm schon! Jetzt trink mal. Tut wirklich gut.«

Tut wirklich gut? Sie hat sich im Dienstzimmer auf die Couch gelegt. Tommy hat ihr noch eine Decke übergeworfen. Und da liegt sie nun, eine Flasche in der Hand, während die andern draußen noch immer hin- und herrennen. Wie lange dauert das noch...

»Wie sieht's denn aus?«

»Ruhiger«, sagt Iris. »Bis auf einen Verbrennungsfall. Hofner hat einen Spezialisten aus Mannheim angefordert.«

Anna nickt.

»Hat er nach mir gefragt?«

»Ne, ne. Der meint, du sollst dich mal ausruhen.«

Der Cognac hilft tatsächlich. Sie kann wieder denken. Doch sie will nicht denken, nicht an das, was geschehen ist...

»Trink doch Anna!« – Iris scheint nichts anderes mehr einzufallen. Auch ihr Gesicht wirkt zerfallen. Unter den grünlichen Augen bilden sich Tränensäcke. Oder ist es verschmiertes Make-up? – »Sind doch nur die Nerven.«

Anna schweigt. Sie fühlt sich wie zerschlagen. Und ihr Denken ist gelähmt von dem Gefühl der Aussichtslosigkeit.

»Ich will nicht mehr, Iris.«

»Beruhige dich doch, Anna. 'ne Krise hat jeder mal. Ich doch auch... So was geht vorbei... Morgen denkst du schon wieder ganz anders...«

Morgen..., denkt Anna müde und sehnt sich nach Didi. Didi wieder aus der neuen Umgebung herausreißen? Ein neuer Umzug? Zurück nach Hause? – *Morgen...*

»Ich muß jetzt wieder.« – Doch dann dreht Iris sich noch einmal um. »Was ich noch sagen wollte... und vielleicht bringt dich das auch auf andere Gedanken: Du hattest 'nen Anruf. Hab' ich ganz verschwitzt. Kein Wunder bei dem Theater.«

Anna nickt ohne Interesse. Doch dann, als Iris den Namen ausspricht, fühlt sie, wie ihr Blut in einer einzigen, mächtigen Welle zu ihrem Herzen schießt. »Ein Doktor Mahlmann... Er sagt, er habe schon zweimal angerufen.«

»Zweimal angerufen...?« Sie wiederholt es, ohne den Sinn zu verstehen. *Bernd!* Auch den Namen wiederholt sie, ohne daß sich ein Gefühl, ein Gedanke damit verknüpft. Es ist einfach zuviel...

Iris sieht sie neugierig an. »Was ist denn? Ein Verehrer?«

Sie schüttelt nur den Kopf.

»Na, jedenfalls hat er gesagt, er müsse morgen weg. Nach Genf. Anscheinend hat er dort zu tun... Aber er kommt wieder.«

Auf der Kühlerhaube des Jaguars spiegeln sich die Bäume.

Frei fährt langsam und kontrolliert. Die Fingerspitzen hat er auf dem Steuerrad, das Gesicht ist entspannt und zufrieden. Und trotzdem: Irgendwie ist das nicht der alte Frei... Anna weiß nicht, was diese Veränderung bewirkt hat und ob es überhaupt eine

Veränderung ist. Vielleicht bildet sie sich das Ganze auch nur ein? Schließlich, er gibt sich doch soviel Mühe. Seit einer Woche hat er diesen Ausflug geplant. »Weißt du, Gänseliesel! Zuerst fahren wir rauf in den Wald. Dort gibt's das Kinderparadies. Da kann Didi mit den anderen Gören rumrutschen. Und dann sehen wir uns die Sternwarte an. Das interessiert ihn doch sicher auch... Ja, und anschließend könnten wir abendessen. Drüben auf der anderen Seite vielleicht. In der Abtei Neuburg. Sehr hübsch... Ja, und dann sehen wir weiter... Ein Glas Wein vielleicht...«

Sicher, das alles hat er so liebevoll vorbereitet. Und er scheint sich auch zu freuen: an dem Wald, an diesem Tag, der schon die Ahnung eines frühen Herbstes in sich trägt. – Doch warum sagt er nichts? Wieso wirkt er so insichgekehrt? Gewiß, er hat soviel hinter sich: Schwertmeisters Selbstmord. Vernehmungen. Polizei... Seit Tagen hat all dies den Betrieb in der Klinik überschattet. – Nein, es ist nicht die Zeit, ihm zu eröffnen, daß sie die Klinik verlassen will. Und die andere Frage, die Frage nach Bernd Mahlmann, die kann sie noch weniger stellen.

»Was machen wir denn dort oben auf dem Berg?« fragt Didi.

»Na, spielen. Ping-Pong vielleicht. Ich hab' auch ein Federballspiel eingepackt.«

»Federball find' ich nicht schön.«

»Na, uns wird schon was einfallen...«

Er wendet sich ihr zu und lächelt sie an. »Oder?«

Sie nickt nur. – Wieder überfällt sie diese Scheu, die sie in letzter Zeit stets empfindet, wenn sie sich sehen oder miteinander sprechen. Doch diesmal hält sein Blick sie fest. »Was ist denn, Anna?«

Und da sagt sie es. »Bernd Mahlmann hat angerufen. Er ist wieder in Deutschland. Haben Sie nichts von ihm gehört?«

Schatten fallen auf Freis Gesicht. Er gibt keine Antwort. Er fährt nur und starrt geradeaus...

Doch Didi ist aufmerksam geworden. Sein Kopf schiebt sich über Annas Schulter. »Wer ist denn Bernd Mahlmann? – Und wieso ist er wieder in Deutschland...«

»Ich weiß es nicht, Didi. Wirklich nicht.«

Aus den Augenwinkeln beobachtet sie den Professor. Noch immer verzieht der *King* keine Miene. Doch er gibt Gas, und der Jaguar beschleunigt. Warum sagt er nichts? Und Herrgott, wieso hatte sie überhaupt gefragt? Ausgerechnet jetzt...

Oben auf dem Königstuhl scheint alles vergessen. Sie parken zwischen all den anderen Wagen. Frei zieht Didi heraus und schleppt ihn mit; Hand in Hand laufen sie zum Spielplatz. Eis gibt's hier oben, eine Rutsch- und eine Kegelbahn und einen aufgebockten Laster, auf dem Didi mit anderen Jungens herumturnen kann. Und als er sich am Ende doch noch dazu entschließt, mit Anna Federball zu spielen, da setzt sich Frei auf die Bank, lehnt sich zurück und verschränkt die Arme.

Ab und zu blickt sie zu ihm hinüber.

Sie winkt. – Doch er bemerkt sie nicht...

Haben Sie was von Bernd Mahlmann gehört?

Eine Wolke wandert über den Himmel. Frei fröstelt. Was hätte er ihr antworten sollen? – Doch was hat er mit seinem Schweigen erreicht? – Nicht nur sie, auch sich selbst hat er damit belogen ... *Vielleicht verhält es sich mit dem menschlichen Charakter genau wie mit dem gesamten Naturhaushalt,* denkt er. *Vielleicht gibt's von allem nur einen beschränkten Vorrat. Und vielleicht hast du deine Reserve an Aufrichtigkeit gestern erschöpft ...*

Am Tag zuvor waren die Kongreßteilnehmer schon um zehn Uhr früh in die Kongreßhalle von Baden-Baden geströmt. Im Foyer hatte ein geradezu beängstigendes Gedränge geherrscht. Murmeln, Gelächter, Händeschütteln, Intrigen, Informationen, Heuchelei. *Na, Herr Kollege! – Was für eine Freude, Sie zu sehen ... Ich sage ja, wenn's die Kongresse nicht gäbe ...*

Er hatte bereits zwei Tabletten genommen. Doch die Kopfschmerzen waren hartnäckig. Diese elende Kirmes, dieser läppische Jahrmarkt der Eitelkeiten. Wie er das alles haßte! Als der Verleger Blume ihn fragte, ob sie nicht gemeinsam einen Kaffee an der Bar trinken sollten, stimmte er mürrisch zu. Ein halbes Dutzend der Gesichter, die sich um den Tresen reihten, war ihm bekannt.

»Bitte, Herr Professor ...« Blume legte sofort los. »Wir müssen nochmals darüber reden. Sie können mich doch nicht derart im Stich lassen.«

»Im Stich lassen? – Wenn ich diesen Blödsinn von Erklärung nicht unterzeichne, dann lasse ich doch niemanden im Stich.«

»Ich darf doch bitten! Prominente Persönlichkeiten der Krebs-Chirurgie wehren sich gemeinsam gegen unqualifizierte und gehässige Angriffe! Das nennen Sie Unsinn, Herr Professor? Ausgerechnet Sie!«

»Was heißt *ausgerechnet Sie?* Da hätten ja noch mehr mitmachen können.«

»Aber Sie können doch nicht...?«

»Warum kann ich nicht?« – Er ertrug das schwammige Gesicht des Verlegers nicht mehr. Und ebensowenig die Fischaugen unter der Hornbrille und den geöffneten Mund, der nach Luft schnappte. »Wissen Sie, was Sie mich können?«

Doch ein Typ wie Blume war nicht zu beleidigen. Das hätte Frei sich denken können.

»Herr Professor! Ich darf doch darauf aufmerksam machen, daß Sie uns gegenüber eine Verpflichtung zur Solidarität haben. Sie als Mitglied des wissenschaftlichen Beirats unserer Zeitschrift...«

»Gewesenes, mein Lieber! Nehmen Sie's zur Kenntnis: Hiermit tret' ich aus eurem Verein aus.«

Da wurden sie aufmerksam. – Dort war Schneiderjahn, der Tübinger Schneiderjahn, und zwei der Herren vom Krebszentrum Heidelberg. Und Kahler aus Marburg. Auch die anderen kannte er. Sie waren verstummt, hatten die Lust am Reden verloren. Er auch. – Nur Blume nicht...

»Sie werden Ihre Position präzisieren müssen. Sie werden präzisieren müssen, Herr Professor, wieso Sie einen Mann akzeptieren, der Ihr Metier und Ihr Können angreift – und nicht nur das... der Ihnen an den Lebensnerv geht!« Blume wird immer lauter. »Sie werden Ihr Schweigen zu begründen haben, Herr Professor. Wenn ein Mann wie dieser Bender zu behaupten wagt, die Krebsfrüherkennung erhöhe die Heilungschancen nicht im geringsten, weil jeder Eingriff zu spät erfolgt, dann stellen Sie nicht nur das ganze Vorsorgeprinzip, sondern auch sich selbst in Frage.«

Das Gebrüll. – Und dann die Stille... Blume war ein dummer Schwätzer – und wie alle dummen Schwätzer in solchen Positionen gefährlich.

»Sie stellen Ihre eigene Arbeit in Frage...« Da hatte er ausnahmsweise einmal recht. Das war das Problem. Und ihm konnte er nicht länger ausweichen...

Er sah Blume an und dann die anderen und wußte, sie alle warteten jetzt auf die Antwort. – *Schwertmeister*... dachte er. Warum mußte er immer nur an ihn denken? Er sah den Körper des Freundes nach der Obduktion: zerfressen von Metastasen. Er dachte an all die Zerstörungen, die er schon gesehen hatte, die Verwüstungen eines unerbittlichen Gegners. Und er dachte an all die Verstümmelungen, die er Patienten zugefügt hatte, um diesen Feind zu besiegen...

»Ich habe noch keine Antwort von Ihnen erhalten.«

»Sie sollten am Morgen keinen Mocca trinken, mein Lieber. Das erträgt Ihr Blutdruck nicht. Und vor allem sollten Sie nicht über Dinge reden, von denen Sie keine Ahnung haben.« – Das war zu billig; die typische professorale Überheblichkeit. Er hätte sie sich denken sollen. – Es würde ihm nichts übrigbleiben, als klar Stellung zu beziehen...

»Und außerdem, mein Lieber, was regen Sie sich auf? – Bender... Na, was hat denn der schon verbrochen? Daß er etwas gesagt hat, was längst bewiesen ist? – Woran stirbt man? An Krebs! Und an welchem Krebs? Am Primärtumor? – Nein, mein Lieber, man stirbt an den Krebszellen, die sich von diesem ersten Knoten lösen. Wenn die Mikrometastasen erst einmal im Blut sind, dann ist es vorbei. Die Ausnahme der leicht zu entdeckenden Karzinome auf der Haut und am Gebärmutterhals kennen wir. Doch was ändert das? Und wenn Sie die neuesten amerikanischen Arbeiten lesen, wenn Sie sich ein bißchen umgucken oder in Ihrem Blättchen ernsthafte Aufklärungsarbeit betreiben würden, dann würden Sie einen Mann wie Bender nicht angreifen.«

»Ich soll ihn nicht angreifen? – Bender, der...«

»Sie sollen mich jetzt nicht unterbrechen! Sie würden ihn nicht angreifen, wenn Sie den Mut zur Wahrheit hätten.«

»Und die Wahrheit?«

»Die Wahrheit ist, daß sich die Mikrometastasen schon zu einem Zeitpunkt bilden, an dem der ursprüngliche Tumor in der Regel noch so klein ist, daß man ihn gar nicht feststellen kann. – Also? Was ist dann mit der Früherkennung?«

Um ihn herum herrschte Grabesstille. Er stand auf.

»Herr Professor, damit haben Sie das ganze Prinzip...«

Da drehte er sich noch einmal um. »Prinzip? – Lassen Sie mich mit Prinzipien in Ruhe. Was unsereiner tun konnte, das hat er getan. Stahl und Strahl... den Weg sind wir gegangen. Bis zum bitteren Ende – dem Ende vieler Patienten. Daran ist auch nichts mehr zu verbessern. Nun laßt mal die anderen ran.

Die ohne die berühmten Prinzipien. Die neuen Leute, denen noch was einfällt.«

»Sie haben mit Ihrem Skalpell Tausenden das Leben gerettet.«

»So? Habe ich das?« Frei lächelte. Ein Lächeln, vor dem die anderen wohl erschraken. *Wie sie starren,* dachte er. *Als hätte ich mir einen Strick um den Hals gelegt und wäre im Begriff, vom Stuhl zu springen.* – Schwertmeister... Er war gesprungen! Ein törichter Sprung. Doch welches Leben ist von Torheiten frei? Es kommt nur darauf an, was am Ende übrigbleibt...

»Übrigens... Prinzipien, Herr Blume... Kann man mit Prinzipien gegen den Tod angehen? Oder auch nur gegen eine einzige degenerierende Zelle? Die Natur läßt sich nicht von Phrasen beeindrucken. Ihre Prinzipien – das sind die Stäbe im Korsett von gestern!«

Er hob die Hand und grinste. »Das wär's denn, meine Herren! Es ist zwar noch Morgen, aber ich darf Ihnen jetzt schon einen schönen Abend wünschen.«

In der Abgeschiedenheit der Toilette hatte er mit einem Vergnügen sein Wasser abgeschlagen wie schon lange nicht mehr. Die Toilettenfrau reichte ihm ein Handtuch. Eigentlich wollte er sie schon gewohnheitsgemäß um ein Glas Wasser bitten. – Plötzlich dachte er: *Wieso? Die Tabletten nimmst du nicht mehr! Was bringen sie schon?* – Er nahm das Röhrchen und leerte es sorgsam ins Klo. Und als das schäumende Wasser sie fortspülte, registrierte er beinahe amüsiert, wie die Kopfschmerzen nachließen. *Psychosomatischer Effekt...* dachte er, die Zauberformel der Schamanen... Er warf sich mit beiden Händen

Wasser ins Gesicht, begann sich abzutrocknen, blickte in den Spiegel und richtete sich dann auf.

Mahlmann ...

Er hatte ihn sofort erkannt. Doch er erschrak. Was war aus dem hübschen, begabten Jungen von damals geworden! Was mußte der Mann erlebt haben, der da auf ihn zuging?

»Guten Tag, Herr Professor ...«

Frei drehte sich langsam um. Und sonderbar, in derselben Sekunde, als er in Mahlmanns ausgezehrtes Gesicht blickte, dachte er auch an Anna. Und dann kam die zweite Überlegung: *Zeit gewinnen! – Darauf kommt's jetzt an ... Du mußt Zeit gewinnen ...*

»He! Komm doch! Spielst du denn nicht mit?«

Die Stimme des Jungen dringt in Freis Gedanken wie der Schrei eines kleinen Vogels.

Er steht auf. Er hat Mühe, in die Gegenwart zurückzufinden. Doch da kommt auch schon Anna. Ihr Haar leuchtet in der Sonne. Und wieder fühlt er, wie bei diesem Anblick sein Herz eng wird. Was für eine Frau! Sie lächelt. Sie ist atemlos. Sie läßt sich neben ihm auf die Bank sinken und streckt ihre langen jeansbekleideten Beine aus.

Das alles registriert er, wie gefangen im Strom der Gefühle. Er kann nicht anders. Er nimmt einfach ihre Hand. »Anna ... ich brauche dich ...«

Drei Worte! Vielleicht die wichtigsten, die ehrlichsten, die ein Mensch dem anderen sagen kann. Doch wie soll sie verstehen?

Sie schweigt.

»Anna, vielleicht hältst du mich für verrückt. Aber

es ist so. Ich brauch' dich wirklich. Dich und den Jungen.«

»Aber...«

»Verstehst du nicht, Anna? Manchmal habe ich das Gefühl, es gibt gar keine Menschen mehr um mich herum. Nur noch Androiden – menschenähnliche Wesen... Das, was einen Menschen ausmacht – die Seele, der leuchtende Funke –, ich sehe ihn so selten...«

Sie sieht ihn fragend an. Sie versucht zu verstehen. Was ist mit ihm? Sein Mund zuckt.

»Ich möchte den ganzen Krempel hinwerfen, Anna... weggehen!«

»Ich auch!« Es ist ja die Wahrheit. Bisher war sie nur davor zurückgeschreckt, sie auszusprechen. Doch jetzt...

In seine Augen kehrt sofort der alte, beobachtend-distanzierte Ausdruck zurück. »Du auch... Warum denn? – Was ist mit dir, Anna?«

»Jene Nacht... die Nacht, in der Schwertmeister starb... Ich wollte es Ihnen schon immer sagen. Hans Schwertmeister war in dieser Nacht bei seinem Vater...«

»Ja, und?«

»Wissen Sie, was gesprochen wurde? Was in dem Zimmer geschah? Wissen Sie, was es war, das Heinrich Schwertmeister derart erregte? – Und Hans? Warum ist er nicht bei der Beerdigung erschienen? Ich habe in seiner Landkommune angerufen. Er ist weg. Ich hätte ihn nicht allein vorlassen dürfen! Oder einmal wenigstens hätte ich nach den beiden schauen müssen.«

»Deshalb machst du dir Vorwürfe?«

»Vorwürfe... mehr als das.« Sie zögert. Das Wort wiegt so schwer. In den letzten Nächten hat es sie beinahe erdrückt. »Ich denke immer: Deine Schuld! Wäre ich dabei gewesen, hätte ich mich darum gekümmert...«

»Kein Mensch, der lebt, ist ohne Schuld, Anna.« Jetzt kann er wieder lächeln. Es ist ein Lächeln, das die ganze Enttäuschung und Trauer umschließt, die er hat erfahren müssen. »Und am allerwenigsten der Mensch, der in unserer Arbeit steht.«

Seine Hand hält die ihre. »Komisch: Auch ich denke ständig an Schwertmeister. Zehntausend ähnliche Fälle habe ich erlebt. Der Tropfen, der das Faß zum Überlaufen bringt, ist ein Tropfen wie jeder andere. Aber der entscheidene, verstehst du?«

Sie nickt.

»Schuld?« wiederholt er. »Wenn du wüßtest, wieviel Schuld ich...«

Er beendet den Satz nicht. Didi kommt mit schweißverklebten Haaren angerannt. »Du! Du *King!* Spiel' doch du mal mit mir!«

»King?« lächelt Frei. »Ich spiel' gerne mit dir. Nur eines, Didi: Der *King*, das bin ich mal gewesen. *King* darfst du nicht mehr zu mir sagen.«

»Macht doch nichts.« Der Junge grinst. »Wir finden schon einen anderen Namen.«

Annas Freundin Ulrike stellt den Koffer auf den Boden. Es ist ein alter, verbeulter Leichtmetallkoffer, der noch Bernd gehört. Kopfschüttelnd starrt Ulrike ihn an. »Fünf Jahre stand das Ding dort oben!

Das muß man sich mal vorstellen. Ich tu' ja wirklich alles für dich, aber was willst du denn mit dem Kram?«

Anna antwortet nicht. Sie hat den Koffer umgekippt. Die Schlösser sind mit Rost bedeckt; knirschend öffnen sie sich. Sie zieht den Deckel hoch und betrachtet den Inhalt: Tennisschuhe, ihr alter Pullover, den sie in Griechenland getragen hatte. Anatomischer Atlas. Dann die Kolleg-Hefte aus der Schwesternschule. Und schließlich...

Eine Sekunde zögert sie. Dann streckt sie doch die Hand aus.

»Euer Album von damals?« Ulrike hat sich neben sie gekauert. »Ich weiß nicht, Anna, wieso macht dich das denn noch an? Ist diese Beschäftigung nicht auch eine Form von Masochismus?«

»Es geht nicht um mich, Ulrike.«

»So? Um wen denn?«

»Weißt Du«, sagt Anna, »man kann einem Jungen nicht seinen Vater unterschlagen. Ich hab' da einen ziemlichen Fehler gemacht. Ich muß das aufarbeiten. Und die Fotos...«

Sie spricht nicht weiter. Ulrike ist aufgestanden. Sie geht hinüber zu dem großen Fenster, das auf die Brunnengasse hinausgeht, und beginnt, ihre Blumen zu begießen. »Das ist doch immer so«, sagt sie plötzlich. »Väter oder Mütter.«

»Was heißt hier Väter oder Mütter?«

»Sie sind alle gleich... merken nie, wenn sie einen Fehler machen, denken nur an sich. Wenn sie dann draufkommen, ist's meist zu spät. Und dann, dann wollen sie nur eines: daß man sie versteht.«

Anna schlägt das Album wahllos auf. Die Fotos zeigen Mykonos und Bernd mit der Harpune in der Hand. Einen schlanken, braunen, sehnigen, lachenden Bernd. Das Herz zieht sich ihr zusammen.

»Dem Jungen brauchst du das gar nicht zu zeigen.«

»Was soll das eigentlich, Ulrike! Was ist bloß mit dir los?«

»Schrei nicht so. Meine Pflanzen mögen das nicht. Weißt du nicht, daß Pflanzen sehr empfindlich reagieren? Hast du das noch nicht gelesen?«

»Was das soll, habe ich dich gefragt?«

Ulrike setzt seufzend die Kanne ab. »Du brauchst Didi keine Fotos von Bernd zu zeigen, Anna – wirklich nicht.«

Anna fühlt, wie eine Sehne an ihrer Schulter zu zucken beginnt. Sie ahnt es und stellt trotzdem die Frage: »Was willst du damit sagen?«

»Bernd ist hier.«

Sie nickt nur. »Er hat in der Klinik angerufen. Doch er ist schon wieder weg. Er ist nach Genf gefahren. – Aber woher weißt du...«

»Weil er mich besucht hat. Hier.« Sie deutet auf den Sessel. »Da hat er gesessen. Drei Stunden lang.«

»Warum hast du mir nichts davon gesagt?«

»Er wollte das nicht. Ich mußte es ihm versprechen.«

Anna bringt keinen Ton heraus. Doch sie fühlt ihre Stirn kalt werden.

»Hier, in diesem Sessel hat er gesessen...«, wiederholt Ulrike.

»Wann?«

»Vor ein paar Tagen.«

»Du hättest mich trotzdem anrufen müssen. Wie konnte er weggehen, ohne Didi sehen zu wollen?«

»Er wollte Didi ja sehen. Aber er war total durcheinander. Ich übrigens auch... Er kam gerade aus Genf zurück. Dort hat er sich wegen einer IRK-Stelle beworben. Die haben ihm auch zugesagt. Doch er hat es sich noch mal überlegt. Er wollte vorher noch mal mit Frei sprechen.«

»Hat er daran gedacht, in Heidelberg zu bleiben?«

Ulrike nickt.

»Und? Weiter?«

»Er hat den *King* tatsächlich getroffen. Bei irgend so einem Kongreß. – Und da fängt an, was ich nicht mehr verstehe.«

»Was verstehst du nicht?«

»Dich! Warum hast du mir nie etwas darüber gesagt?«

Anna spürt einen stechenden Schmerz am Daumen. Der Fingernagel! – Sie hat ihn abgerissen. Sie steckt den Daumen in den Mund. Sie versucht zu denken. Es gelingt nicht. – Was will Ulrike? Himmel, von was redet sie da?

»Ich frage mich, warum du mir nie gesagt hast, daß Frei dich heiraten will...«

Anna ist sprachlos. Jetzt versteht sie, was Frei an jenem Nachmittag gemeint hat, als er ihre Hand nahm und so beschwörend auf sie eingeredet hatte. Aber heiraten...

»Wieso heiraten? Das ist doch Unsinn.«

»Er hat es zu Bernd gesagt. Er hat gesagt, er selbst werde sich in Zukunft um den Jungen kümmern.

Und es wäre wohl das Beste, wenn Bernd euch deshalb in Frieden lassen würde. Psychologisch gesehen das beste. – Und natürlich materiell.«

»Und Bernd?« – Es dauert lange, bis sie die Frage herausbringt.

»Er hat verstanden. Er hätte doch hier nie eine Chance bekommen. So ist er abgereist. In Frankfurt gibt's irgend so 'ne zentrale Arbeitsvermittlung fürs Ausland. Er will wieder irgendwo in die Dritte Welt. Genug Erfahrung hat er ja.«

Die Augen hinter Ulrikes Brille sind ein einziger Vorwurf. – Anna steht auf. Doch sie muß sich festhalten. Es ist, als hätte sie keine Beine mehr. Alle Kraft, jeder Gedanke sind von ihr gewichen. Schließlich sagt sie mühsam: »Das hätte ich nicht von Frei gedacht. Nie...«

Ulrike scheint gar nicht zuzuhören. Denn sie hat noch etwas auf Lager. Es ist wie ein letzter Hieb. »Bernd hat mir noch etwas erzählt. Damals, die Geschichte mit der anderen Frau. Das war alles ein tragischer Irrtum, Anna. Als er erfuhr, daß du schwanger bist, geriet er in eine Krise... aber geliebt hat er sie nie. Er wollte nur dich und den Jungen...«

Auch das hört sie noch. Und nimmt es entgegen wie ein Urteil.

Wie hatte Frei zu Didi gesagt? *Nenn mich niemals mehr King.* – Er wußte schon warum... Sie kann keinen Zorn auf ihn empfinden. Warum auch? – Doch sie weiß, was sie zu tun hat.

»Ich muß weg«, flüstert Anna. »Weg aus der Klinik! aus der Villa. – Weg aus dieser Stadt...«

Das Fenster des Büroflügels ist geöffnet. Sie hört Freis Stimme.

Als sie durch den Garten läuft, versteht sie auch einzelne Wörter. *Die Abstützfläche für den Kragensockel des Hüftkopfs wies eine gut zwei Zentimeter breite und etwa einen Zentimeter hohe Knochenlücke auf. Im äußeren und vorderen Teil war der Kragensockel nicht abgestützt, wie wir schon auf Grund des Röntgenbildes ...*

Frei diktiert der Werneke ein Protokoll. Die gleichmäßige, gelassene Stimme verfolgt Anna bis in ihr Zimmer. Sie blickt sich um. Lange wird es nicht dauern, das alles zu packen. Viel hat sie ja nicht! Ein Glück, daß Didi in der Schule ist...

Sie öffnet die Schranktür. *Was soll ich zu Frei sagen? Gott sei Dank, daß Didi nicht da ist. Doch, zum Teufel, wie erklär' ich ihm das alles? Vorwürfe? – Kann ich ihm Vorwürfe machen ... ICH BRAUCHE DICH, ANNA!*

Sie legt sich aufs Bett, schiebt die Hände unter den Kopf und schließt die Augen. Dann schreckt das Telefon sie aus ihren Gedanken. – Es ist Frei!

»Du – ich mache gerade Pause. Willst du nicht herunter ins Schwimmbad kommen? Das tut uns beiden gut.«

»In fünf Minuten«, sagt sie.

Die große Schwimmhalle des Anwesens scheint leer, als sie eintritt. Ein Streifen Sonne läßt das Wasser golden aufglühen. Drüben neben den beiden Liegestühlen, auf dem kleinen Tisch, stehen eine Flasche Weißwein und zwei Weinkelche. Auch das kennt sie. – Manchmal hatten sie hier nach dem Schwimmen ein Glas getrunken. *Zur inneren Reinigung,* wie Frei es nannte.

Doch jetzt? – Als sie den Bademantel von den Schultern streift und die feuchte Wärme der Halle auf der nackten Haut spürt, fühlt sie sich befangen.

Herrgott! Wo steckt er denn?

In diesem Augenblick strömt Musik aus den Lautsprechern... Es ist eine laute, pathetische Musik: Hörner, Klarinetten – jetzt die Pauke... Irgendeine der Bruckner-Symphonien, die er so liebt.

Und da ist er selbst! – Er steht dort drüben am Rand des Bassins... groß, athletisch und noch immer braungebrannt, die blauen Augen auf sie gerichtet.

»Ich hätte für dich die *Rheintöchter* auflegen sollen. – Mein Gott, Mädchen! Wie schön du bist!«

Er kommt lächelnd auf sie zu, ganz der alte, der *King*...

Sie weicht zurück.

»Was ist denn, Anna?«

Ihre Nerven machen nicht mehr mit. – Sie setzt sich auf die Fensterbank, preßt die Beine zusammen und verbirgt das Gesicht in beiden Händen... Nein, sie kann nichts, nichts gegen die Tränen tun, nichts gegen das hysterische Schluchzen, das sie schüttelt.

Sie hört sein hilfloses Murmeln. Eine Hand legt sich auf ihre Schulter. »Nein!« sagt sie. »Bitte! Rühren Sie mich nicht an.«

»Anna! Was hast du denn?«

»Nichts.«

»Sie hört, wie er die Flasche öffnet und ein Glas vollgießt. Sie blickt auf. Da steht er und trinkt... »Entschuldigen Sie bitte. Ich benehm' mich unmöglich...«

Er lächelt nur. Die Musik bricht ab. Ein Knacken im Lautsprecher. Es ist die Zentralschaltung im Büro. Und statt Bruckner kommt nun die sachliche, höfliche Stimme der Werneke aus dem Lautsprecher. »Herr Professor, ich bitte um Entschuldigung... Da ist ein Anruf aus Frankfurt. Der Herr Doktor Mahlmann. Er möchte dringend Anna sprechen. Er machte es so dringend, daß ich mir erlaubt habe...«

Frei sieht Anna an.

»Und jetzt, Anna?« – Seine Stimme ist fremd und heiser. »Wie ist das? – Willst du mit ihm sprechen?«

Nur eine Frage. Aber sein Gesicht, der Blick – das alles verrät, was er denkt... Die Entscheidung!

»Ja. Wenn es möglich ist.« Sie atmet tief. »Ich will mit ihm sprechen.«

Frei erwidert mit letzter Selbstbeherrschung: »Möglich ist alles.« Und dann rennt er schon hinüber zum Hallentelefon. »Frau Wernerke! Anna ist hier. Stell das Gespräch durch, bitte.«

Er wartet nicht. Er legt den Hörer sorgsam neben den Apparat, wirft sich den Bademantel über und geht...

Das Wasser schlägt gegen die blauen Kacheln. – Der Weg zum Telefon fällt ihr unendlich schwer. Sie nimmt den Hörer, sagt: »Ja?«

»Anna!«

Seine Stimme! – So vertraut und so fremd. »Anna! Tut mir leid, wenn ich gestört habe...«

»Was willst du, Bernd? Wo bist du?«

»In Frankfurt! Ich hätte so gerne den Kleinen einmal gesehen. Aber ich fliege weg.«

»Wann?«

»Noch heute.«

»Du warst hier. Du hättest ihn jederzeit sehen können.«

»Nun ist es zu spät.«

»Wann fliegst du?«

»Um achtzehn Uhr fünf.«

Sie blickt auf die Uhr. *In zwei Stunden ist das.*

»Und wo bist du?«

»Ich sag' doch, am Flughafen. IRK-Leitstelle.«

»Flieg nicht, Bernd«, sagt sie da. »Bitte, flieg nicht... Ich möchte, ich muß mit dir reden... Hörst du mich?«

Sie fühlt eine Bewegung hinter sich. Und als sie sich nun umdreht, blickt sie direkt in Freis Gesicht. Es wirkt entspannt, beinahe heiter.

»Nicht auflegen, Anna«, sagt er. »Gib mir mal den Hörer. Ich habe auch noch was zu sagen.«

Er nimmt ihr den Hörer aus der Hand. »Mahlmann! Hier spricht Frei! Mahlmann, paß mal auf... Was ich da in Baden-Baden gesagt habe, vergiß es... Ja! – Wie? Nein, damit hat es nichts zu tun... Ich war ein Träumer – und ein Idiot... Womit ich nicht gesagt haben will, daß das notwendig zusammengehört. Doch in meinem Alter sollte man mit Träumen sparsam umgehen... Hör doch zu: Laß mich doch ausreden! – Anna hat recht. Flieg nicht weg! ... du bleibst wo du bist. Sie holt dich dort ab. Und dann, dann kommst du her... Ja, nach Heidelberg. Zu mir! Hofner wird in einem Monat meine Stellung übernehmen.«

Sie hört das alles. – Sie starrt ihn an, sieht sein Lächeln, den Glanz in seinem Gesicht – ja, sie hört es und kann es nicht glauben. Was sagt er da?

»Und wenn ich weg bin, braucht er einen guten zweiten Mann. Einen Oberarzt, so wie du einen abgibst. Vor allem braucht er den für die Wartberg-Klinik... Und mach dir mal keine Sorgen. Es gibt ja noch jemand anderen, der dir helfen kann, damit du dich wieder einlebst. Und es gibt außerdem noch einen Jungen, der auf dich wartet. – Also, wir sprechen uns morgen.«

Das Gespräch ist zu Ende. Anna bewegt sich nicht. Frei strahlt sie an, nickt ihr zu – dann geht er hinüber zum Tisch und füllt das zweite Glas.

»Na, komm schon, und guck mich nicht so an. – Und glaub bloß nicht, du wärst das gewesen... Das Angebot aus Berkeley... habe ich schon seit Monaten in der Tasche. Dort sind sie einer ganz neuen Immuntherapie auf der Spur. Chirurgen sind dabei vielleicht nicht so interessant, aber brauchen kann man sie trotzdem. – Anna! Was ist denn? Trink!«

Sie nimmt das Glas. Und er lächelt, lächelt noch immer. Lächelt voll Zärtlichkeit. »Auf uns, Anna! Auf uns alle. Auf alle, die guten Willens sind...«

»Auf Sie«, sagt sie, und ihre Stimme ist spröd wie Glas. »Auf den *King!*«

Er steht dort drüben in der Halle. Sie erkennt ihn sofort. In all dem Trubel, unter all den Menschen wirkt er isoliert und einsam, als stehe er auf einer Insel. Sie schiebt sich zwischen den Menschen durch – sie nimmt keine Rücksicht. Doch dann stockt ihr Schritt...

In seinem verwaschenen Khakianzug lehnt er an der Wand. Nun schlägt er die Beine übereinander – das ist ihr so vertraut. Typisch Bernd. – Aber, mein Gott, wie mager er geworden ist. Und das Gesicht! Es wirkt eingefallen, beinahe krank.

Er hat sie noch immer nicht entdeckt. Er steht da, wartet, so, als habe er alle Zeit der Welt.

Ihre Augen treffen sich. Er fängt an zu lächeln, so hilflos, schüchtern lächelt er.

Sie geht auf ihn zu... Das Herz schlägt ihr bis zum Hals. Sie ist nervös – und voll tiefer Freude...